シンプルとウサギのパンパンくん

マリー＝オード・ミュライユ
訳◉河野万里子

小学館

シンプルと
ウサギのパンパンくん

装画・挿し絵／くらはしれい
ブックデザイン／城所 潤（JUN KIDOKORO DESIGN）

クリスティーヌ・ティエブルモンと
彼女の教え子たちに
心からの愛情をこめて

目次

1 パンパンくん、携帯《けいたい》電話をこわす

クレベールは、兄をちらりと横目で見た。

「ピイィィィ……ガチャン」

兄のシンプルは、地下鉄《メトロ》の扉《とびら》と取っ手の音を、小さな声でまねしている。駅に着いてその音のとおりに扉《とびら》が開くと、男の人が一人乗ってきて、クレベールのとなりにすわった。ジャーマンシェパードをリードにつないで連れている。シンプルは座席にすわったまま、そわそわしはじめた。

「犬、持ってる」とシンプル。

ジャーマンシェパードの飼い主は、声を出した者をまじまじと見た。澄《す》んだ目を、大きく見ひらいている青年――。

「犬、持ってる、この人」だんだん興奮しながら、シンプルがくり返す。

「そうだね、そうだ」

クレベールは答えながらまゆをひそめて、この場でのふるまいかたを思い出させようとした。

「なでてもいい？」

犬のほうへ手をのばしながら、シンプルが聞く。

「だめ！」クレベールがどなった。

犬の飼い主は、この状況《じょうきょう》をどう考えたらいいのだろうとでもいうように、兄弟二人をかわるがわる見つめた。

「ぼく、ウサギ持ってる」澄《す》んだ目のシンプルが言った。

「知らない人には話しかけないの」クレベールがたしなめる。

それから犬の飼い主のほうを向くと、クレベールは意を決して言った。

「すみません。知的障碍《しょうがい》があるんです」

「ア・ホ」シンプルが、言いなおして伝える。

犬の飼い主は立ちあがると、何も言わずにリードを引いた。そして、次の駅で降りていった。

「くそっ」クレベールがつぶやいた。

「あーらら、いけない言葉」兄が応じた。

クレベールはゆううつそうにため息をつくと、窓に映った自分の顔に目をやった。ふちの細い丸メガネをかけた知的なハンサムだ。そのことに安心して深くすわりなおし、腕時《うでど》計《けい》に視線を落とす。その動作をじっと見ていたシンプルは、スウェットのそでをまくって、自分の手首を責めるように見た。

「ぼく、腕時計《うでどけい》、ない」

「なんでないのか、よくわかってるよな、アホ」

「あーらら、いけないい言葉」

クレベールは立ちあがって扉《とびら》のほうへ向かい、ホームに降りながらふり向いた。それまでついてきていたシンプルが、棒立ちになっている。

「ほら、早く！」クレベールはさけんだ。

「ドア、ぼくのこと、はさもうとしてる！」

クレベールはシンプルのスウェットのそでをつかむと、自分のほうへ引っぱった。と、地下鉄の扉《とびら》が二人の後ろで閉まった。ガチャン。

「はさまなかった！」

クレベールはもういちどシンプルのそでをつかむと、今度はエスカレーターのほうへ引っぱっていく。

「どうしてぼく、腕時計《うでどけい》、ないの？」

「自分でこわしちゃったからだろ。なかにこびとさんがいるかどうか見るって言って。覚えてない？」

「覚えてるぅぅぅ」シンプルが、ぱっと笑顔になった。

「なかにこびとさん、いた？」

「いなかった！」うれしそうなまま、シンプルは大声で言う。

そしてエスカレーターの前で急に立ちどまったので、後ろに続いていた通行人二人がつぎつぎぶつかった。

「気をつけろ、危ないじゃないか！」

クレベールはまたシンプルのそでを引っぱって、エスカレーターに乗せようとする。シンプルは怖《こわ》そうに両足を見つめながら、片足ずつ上げては下ろす。そして両足とも無事であるのをたしかめると、ほっとして顔を上げた。

「見て！」大きな声だ。

「ぼく、エスカレーター怖《こわ》がらなかった。なんでなかに、こいびとさんいないの？」

「『こびとさん』。『こいびとさん』じゃなくて」

「なんで」がいつまでも続くのをきっぱり終わらせようとして、クレベールが言った。

それでもシンプルは、一人でくり返している。

「こいびとさん、こいびとさん」

シンプルは頑固《がんこ》なのだ。それは彼《かれ》の独特な個性のなかでも、特に目立つ。このときも、それから五分間、彼《かれ》は口ずさむように言いつづけていた。

「こいびとさん、こいびとさん」

クレベールは道がよくわからなくて、きょろきょろしている。二人とも、二週間前にパリに出てきたばかりだ。

「まだ遠い？」

「知るか」

クレベールは怒《いか》りが爆発《ばくはつ》しそうだった。もう、どこにいるのかわからない。シンプルは歩道のまんなかで立ちどまると、腕組《うでぐ》みした。

「パパに会いたい」

「パパはここにはいない。マルヌ＝ラ＝ヴァレ〔パリ近郊《きんこう》の住宅地〕にいる。で、ぼくらが今いるのは……いるのは……？」

「チューム！」シンプルが、口からでまかせを言った。

そしてそのでたらめが自分でもおかしかったらしくて、笑いだした。クレベールも力なく笑った。シンプルの精神年齢《ねんれい》は三歳《さい》なのだ。よくて三歳《さい》半。

「……パリだよ。さあ、おいで、急がなきゃ。ぐずぐずしてたら夜になっちゃう」

「オオカミ出る？」

「出るよ」

「そしたらぼくのピストルでやっつける」

クレベールはふふっと笑いそうになるのをおさえて、歩きだした。すると急に、道がどこに続いているのか思い出してきた。そうだ、ここだ。カルチエラタンの一角、カルディナル・ルモワーヌ通り四十五番地。だが、扉《とびら》の前でシンプルが言った。

「ああ、だめ」

「今度は何？」

「やだ。ここ、年寄りおばさんの家」

「いや、ぼくらの大おばさんだよ。ママのお姉さんで……」

「汚《きたな》い」

「あんまり美しいってわけじゃないな」

「くさい」

クレベールは部屋番号の数字を押《お》そうと、インターホンのキーボードに指をのばし、ふとまゆをひそめた。

「えーっと、4……6……」

「4、6、B、12、1000、100」猛烈《もうれつ》な勢いでシンプルがまくしたてる。

「しーっ！　4……6……」

「9、12、B、4、7、12……」

クレベールはぼうぜんとしてキーボードを見つめる。

「数字、押《お》して、押《お》して！　9、7、12……」

そしてシンプルがめちゃくちゃに押《お》しはじめた。すると、扉《とびら》が音を立てて開いたのだ。

「ぼくの勝ち！」

いや、もちろんそんなわけはない。なかから人が出てきたから開いただけのことだ。出てきたのはふくよかな女性だったが、シンプルは気にもかけず、その人をまるで物のように押《お》しのけて入っていく。

「人を押《お》しのけちゃだめ！　すみませんって言うんだ！」とクレベール。

シンプルはすでに階段を一段抜《ぬ》かしで五段上っており、そこからふり向くと、やはり気にもかけずに明るく言った。

「すみません！　おばさん太りすぎ！」

そして階段をかけのぼりつづけた。クレベールは追いかけながら、大声で言った。

「四階だよ、四階！」

シンプルは建物の階段を七階まで上り、それから四階分下りて一階分上り、踊《おど》り場《ば》で足を止めると、犬のように舌を出してはあはあ息をした。クレベールは疲《つか》れはてて、壁《かべ》にもたれた。

「ブザー、押《お》す？」とシンプル。

シンプルはブザーの音が怖《こわ》いのだ。それでクレベールがブザーを鳴らしているあいだ、両耳をぎゅっとふさいでいた。

「はいはい、夕飯がすんだとこよ」ドアを開けながら老婦人が言った。

「六時半でしょ、年寄りの夕飯の時間。もしかしたら、若い人たちはこんな時間に食べないのかもしれないけど、あたしはね、あたしには夕飯の時間で、それは六……」

「もごもごもごもご」

耳ざわりな言葉がいつまでも続くのを妙《みょう》に思って、シンプルが、聞こえてきた音のまねをした。

「何よ、この人？」

大おばさんは、シンプルをぶとうとするように手を上げた。

「ほっといてやってください。悪気はないんで」とクレベール。

「この人、やっつける。ぼく、ピトスル、ある！」

シンプルはズボンのポケットから、徒競走などのときに使うスタート用のピストルを引っぱりだした。老婦人は悲鳴を上げた。

「ピストル！　ピストルよ！」

「本物じゃないですから。音が出るだけのやつです」とクレベール。

「うん、でもほんとにやっつけられる。いいか、ぼくがパンッてしたら、あんた、死ぬ。いいか、年寄りおばさん……」

シンプルは落ちついて大おばさんにねらいを定め、大おばさんは恐怖《きょうふ》でわめきだした。

「パンッ！」

老婦人はキッチンへにげこんだ。シンプルは、目におどろきと誇《ほこ》らしさを浮《う》かべて、クレベールを見た。

「怖《こわ》がってた」

とはいえ、ちょっとがっかりしてもいた。

「だけど、死ななかった。ぼく、ナイフある」

「ああ、また今度な」


二人は、大おばさんが出してくれたパスタを一気に一キロ平らげると、やはり大おばさんが用意してくれたちっぽけな部屋に入った。それからクレベールは携帯《けいたい》電話を出した。シンプルはそれをまたじっと見た。

「ケータイ持ってる……。なんでぼく、持ってない？」うらやましそうな声だ。

「まだ小さいから」クレベールはうわの空で答えた。

「ええと、0、1……4、8……」

「12、3、B、1000、100」

クレベールは額に手をやった。またしても兄に混乱させられた。そもそも父親に電話してなんになる？　父マリュリ氏の方針は一つだけ。施設《しせつ》だ。シンプルを施設《しせつ》〈マリクロワ〉に送りかえせと言うだけに決まっている。

「ヤッホー！」とつぜん、ちゃめっ気たっぷりの声がした。

シンプルはベッドの上にあぐらを組んですわっているが、後ろに何か隠《かく》している。そしてもういちど「ヤッホー！」。

今度はちょっと自信ありげな声。背中から、くたくたの布でできた灰色っぽい耳が二つのぞいている。シンプルはその耳を動かした。

「もうそれでじゅうぶん」クレベールがつぶやく。

「だーれだ？」

「だれだろうねえ」

楽しみは長続きさせなければならないのだ。

「『パ』がつきます」とシンプル。

「パンダ？」

「ブブー！」

「パン屋さん？」

シンプルは笑いをこらえている。

「パンパンくん？」

「ピンポーーーーン！」

シンプルは古ぼけたウサギのぬいぐるみをふりまわして、耳をぴょこぴょこさせた。

そのとき、携帯《けいたい》電話が鳴った。

「ぼくが出る。もしもしって言う」とシンプル。

シンプルに携帯《けいたい》をうばいとられないよう、クレベールはさっと立ちあがって電話に出た。

「もしもし、パパ？」

「ぼくが出る、ぼく。もしもし、パパ！」

「うん、大丈夫《だいじょうぶ》」明るい調子でクレベールが答えている。

「パンパンくんといっしょ。こっちは大丈夫《だいじょうぶ》だよ……大おばさん？　大おばさんも元気。

っていうか、いや、まあなんとか」

クレベールは白状することにした。

「シンプルは大おばさんがあんまり好きじゃないんだ。やっつけたいって」

クレベールは、深く考えずに話してしまうことがある。

「あ、ちがう、ほんとにじゃなくて！　スタート用のピストルでさ……そう……うん……

わかってるよ、パパ。ぼくが責任持つ。そうしたいって言ったのは、ぼくだから……はい」

「シンプルの面倒《めんどう》を見るのは、負担が大きすぎるぞ。生活をめちゃくちゃにされるから、マリクロワに送りかえすべきだな」

父親が自分の考えを正当化しているあいだ、クレベールは天井を見あげていた。

そのあいだ、シンプルはベッドの上に、おもちゃのフィギュアがぎっしり入っている袋《ふくろ》を全部空けて、小声を出しながら、いかにも夢中になっている様子で遊んでいた。でも、しっかり耳をすましている。

「この子……この子はだめです。施設《しせつ》に入れましょう」

白黒の小さなカウボーイのフィギュアに、シンプルはそう言っている。

自分が施設《しせつ》に入れられたときのことを思い出して、ごっこ遊びをしているのだ。フィギュアには、これから脅迫《きょうはく》と平手打ちと注射が待っているらしい。シンプルは、フィギュアを枕《まくら》の下に押《お》しこんだ。

「助けて！　助けて！」小さなカウボーイがさけぶ。

クレベールは父親と話しながら、兄が遊んでいる様子を眺《なが》めていた。

「いちばんいいのは、一部屋借りることだと思う。そしたらまわりを気にしなくていいでしょ……ちがうよパパ、シンプルを『監視《かんし》する』必要はない。だって二十二歳《さい》だよ」

シンプルは枕《まくら》の下からフィギュアを取りだすと、今度はしかった。

「おまえ、ア・ホ。おまえの顔は二度と見たくない。これから穴をほる。おまえはその穴に入って死ぬ。それでぜんぜん悲しくない。……パンパンくん、どこ？」

シンプルは、せっぱつまった目をして、ぬいぐるみをさがした。そして見つけると、ほっとした様子になった。

「あ――――、いた！　パンパンくん、マリクロワをやっつけろ」

それからベッドの上では、おそるべき暴力シーンがくり広げられた。パンパンくんはフィギュアたちのまんなかにつっこむと、みんなを投げたり、壁《かべ》に激突《げきとつ》させたりする。

「パンパンくん、ぶん殴《なぐ》ってる」小さな声で、シンプルが言った。

そうして、電話で父親と格闘《かくとう》中の弟を盗《ぬす》みみた。

「どっちにしても、ママの遺産があるから。パパは家賃をはらわなくていい……うん、どうすればいいか、わかってる」

父親からのあいまいな承諾《しょうだく》を取りつけると、クレベールは電話を切った。だが胸の前で携帯《けいたい》をにぎりしめたまま、しばらくぼうっとしていた。クレベールはまだ十七歳《さい》なのだ。名門アンリ四世校の秀才《しゅうさい》で、大学以上の難関である高等専門学校《グランゼコール》への受験クラスに進級するところ。卒業後はグランゼコールの学生になるつもりだ。なのに後ろから、変わったのがいつもついてくる。ぬいぐるみのウサギが生きていると信じる、兄のシンプル――本当の名は、バルナベ――が。

バルナベは遊ぶ手を止めると、まるでとつぜん何か大きなひらめきが降ってきたかのように、「弟よ！」と言った。

「いいかい、シンプル、よく聞いて。これからぼくたち二人が住む家をさがす。でもぼくは、ずっといっしょにいられるわけじゃないんだ。あと二週間したら、学校がまた始まるから」

「学校、よくない」

「いいとこさ、学校は」

「じゃあ、なんでぼく、いかない？」

「よく聞いてって言ったよね。ぼくといっしょにいたければ、これから努力しなくちゃいけないよ」

シンプルは、口を少し開けたまま耳をかたむけて、努力しようと決心した。

「わかった？　ぼくを助けてくれなきゃいけないいんだ」とクレベール。

シンプルは、ぱっと立ちあがった。

「ベッド全部かたづける」

クレベールはため息をついた。

「そうだね……」

翌朝から、クレベールは賃貸物件をさがして不動産会社をまわることにした。そしてシンプルのことは、一瞬迷《いっしゅん》ったが、置いていくことにした。

「いい子にしてられる？」

シンプルは厳粛《げんしゅく》にうなずいた。

「大おばさんのこと、困らせない？」

シンプルはもういちどうなずきながらも、こう言った。

「ぼく、ナイフ、ある」

ドアを出るところで、クレベールはふり返った。兄とつながっていられる方法を急に思いついたのだ。そして携帯《けいたい》電話をわたした。シンプルは感激しながらも、おっかなびっくりで両手のなかに受けとった。クレベールは「お昼になる前に電話して、どうしてるか聞くからね」と言いきかせた。

「いい？　鳴ったら、この緑の小さい電話のマークを押《お》す」

うれしすぎて顔を引きつらせている兄の姿を胸に、クレベールは出かけた。バタンと玄《げん》関《かん》のドアが閉まったとたん、シンプルは絶叫《ぜっきょう》した。

「パンパンくん！」

そして部屋にかけこんだ。ウサギのぬいぐるみは枕《まくら》の上でうつらうつらしていた。

「どうしたの？　そんな大声出して」ウサギのパンパンくんが聞く。

「ケータイだあ！」シンプルがさけんだ。

パンパンくんは起きあがった。

「貸して！　貸して！」

「だめ、ぼくの。4、7、12、B、1000、100」

そう言って文字盤《もじばん》を指先でたたき、それから携帯《けいたい》電話を耳に当てる。

「もしもし。もしもし、こんにちは」とシンプル。

耳をすまし、携帯《けいたい》をふってみて、また耳に当てる。

「もしもし、こんにちは……聞こえない」

パンパンくんは関心をなくしたふりをして、やわらかくて長い腕《うで》を頭の後ろで組むと、また寝《ね》ころがった。

「こいびとさんがなかにいれば、聞こえるよ」

「こいびとさん、いない」腕時計《うでどけい》での教訓を思い出して、シンプルが言った。

「いるさ。電話が鳴ったらくるんだ」

シンプルはじっとパンパンくんを見つめた。どう反論しようか考えているのだ。

「じゃあ……遊ぼっか！」とシンプル。

電話はあきらめたらしい。

パンパンくんは一見古ぼけたウサギのぬいぐるみで、ところどころ生地がすり切れかけているのだが、遊ぶとなると、二本の耳がパタパタ動きだし、ふにゃふにゃだった足も、ぜんまいを巻かれたみたいにしゃきっと立ちあがる。

「何して遊ぶ？」とパンパンくん。

「マリクロワごっこ」とシンプル。

「また？　ちがう遊びは？」

「でも楽しいよ、あれ」

シンプルはパンパンくんのほうに身を乗りだすと、耳もとでささやいた。

「ぶん殴《なぐ》れ」

パンパンくんは納得したようだ。なんといっても、あれはやっぱり楽しい遊びなのだ。


十時ごろ、マリクロワごっこで、フィギュアのカウボーイがほかのフィギュアたちに取りかこまれて、にげられなくなったところで、電話が鳴った。

「ぼくが出る！　ぼく！」シンプルがさけんだ。

そしてすっかり興奮しながら、電話のマークを押《お》した。

「もしもし、シンプル？」とクレベール。

「もしもし、みなさん《ムッシュー・マダム》？　こんにちは、お元気ですか？　ありがとう元気です、いいお天気ですね、さようなら奥さま《マダム》」

「ちょっと、ぼくだよ、弟の……」

シンプルはおびえて、パンパンくんのほうをふり返った。

「こいびとさんだ」

「ケータイ、ぶっとばせ！　壁《かべ》にぶん投げろ！」

パンパンくんが、その場でとびはねながら命じた。

シンプルはおびえた様子のまま、壁《かべ》に向かって力まかせに携帯《けいたい》を投げつけた。それから、かかとでとどめを刺《さ》した。そうして少し気持ちが落ちつくと、身をかがめて、こわれた携《けい》帯《たい》電話をあちこち調べた。

「こいびとさん、いた？」すぐににげられる体勢で、パンパンくんが聞く。

「いな―――い」シンプルはとまどっている。

「そうだよな。こいびとさんは、顕微鏡《けんびきょう》でしか見えないぐらい小さいんだ！」

パンパンくんはそう言いながら、枕《まくら》の上にごろりと寝《ね》ころがった。


通話がとちゅうで切れてしまったので、クレベールはカルディナル・ルモワーヌ通りにもどることにした。シンプルが、知っているかぎりの大人のあいさつをまくしたてたときの口調を思い出すと、笑えてくる。クレベールは幸せな気分のままでいたかった。なにしろ、不動産会社で応対してくれた女の子が自分のことをすっかり気にいってくれたようで、午後の早い時間に二部屋の集合住宅《アパルトマン》に案内すると約束してくれたのだ。なんだか女の子も住むところも手に入れられそうな気分。

「シンプル！　シンプル？」

兄はベッドの上にすわって、カウボーイのフィギュアを動かしていた。

「さっきは怖《こわ》くなったの？　何かあった？」

そのとき、クレベールの視線が壁《かべ》ぎわの床《ゆか》に落ちた。携帯《けいたい》電話が、内臓をさらけだしている。

「こいびとさん、いなかった」シンプルが、すまなそうにつぶやいた。

約束は十四時だった。クレベールは、今度はシンプルを置いていきたくなかった。二十二歳《さい》の兄がいれば、十七歳《さい》の自分一人より、不動産会社の女の子を説得しやすいかもしれないし。問題は、その間《かん》シンプルについて女の子の目をごまかせるかどうかだ。

「おとなしくしてるんだぞ。しゃべっちゃだめ。かけまわったりするのもだめ」

弟の言葉に、シンプルはいちいち神妙《しんみょう》にうなずいた。携帯《けいたい》電話の件で、こっぴどくしかられたところだったたから。

「髪《かみ》をとかしておいで。手も洗って。そしたら……ネクタイをしめてあげよう」

ふくれっ面をしていたシンプルが、ぱっと顔をかがやかせた。

そして、三十分後。玄関《げんかん》の鏡の前で、シンプルはうっとりしていた。シャツを着てネクタイをしめ、明るい色のジャケットにダークカラーのズボン。だがクレベールのほうは、うっとりしていない。すばらしいカッティングの服も、シンプルが着ると、かかしが着ているみたいにちぐはぐな感じだ。

「いい？　しゃべっちゃだめだからね！」

守るべきことがちゃんと兄の頭に入るように、クレベールはくちびるに指を当ててみせた。この兄に、耳と口が不自由な人のふりをさせるという手もある。でも、それはとても危ない。シンプルは不動産会社の女の子に、「ぼく、口がきけない」と言ってしまうかもしれないのだ。


案内してもらうアパルトマンは、学生も多く住んでいるジェネラル・ルクレール通りにある古い建物の、上のほうの階にあった。不動産会社の女の子ジャッキーは、そこですでに待っていた。彼女《かのじょ》は二か月前に、タバコのかわりにチューインガムをかんで禁煙《きんえん》しようとしたのだが挫折《ざせつ》した。今も、ガムをかみながらタバコを吸っている。そしてクレベールのことを考えていた。

〈かわいかったな、あの子。お兄さんがいるって言ってたけど。クレベールに似てたら、おもしろくなりそうじゃない？〉

ジャッキーはガムをかんでタバコを吸いながら、つめをかんだ。

はるか下の階段の前では、クレベールがシンプルと、確認ミーティングもどきを終えたところだ。

「何も言っちゃだめ。動きまわるのもだめ。いつものピストルは持ってきてないな？」

「持ってきてない」

クレベールは階段を二段上った。その背中に向かって、シンプルが言った。

「ナイフ、ある」

クレベールがふり向いた。

「なんだよ、そのナイフって？　どこにあるの？」

シンプルは答えずに、まばたきした。

「見せてくれる？」

「だめ」照れ笑いしながら、シンプルが言う。

「なんかイラッとしてきた！　ぼくがいらついてもいいのか？」

クレベールは、たまにキレることがある。シンプルの目にパニックの色が広がった。

「ほんとじゃないナイフ」

「見せろ」

「ムニャムニャムニャ」

「え？」

シンプルはクレベールがいるところまで上ってくると、つま先立って耳打ちした。

「ぼくのおちんちん」

クレベールは何秒か、あぜんとしていた。

「アホ」

「あーらら、いけない言葉」

そして六階分の階段を一気にかけのぼっていった。


部屋に兄弟が入ってくるのを見て、ジャッキーはおどろいた。いかにも兄弟の雰囲気《ふんいき》なのに、弟のほうが年上に見える。秘めた情熱を思わせる黒い瞳《ひとみ》の弟。一方兄のほうは、空に向かって開かれた窓のような明るい瞳《ひとみ》。そのなかをムクドリがパタパタ飛んでいきそうな。髪《かみ》も、クレベールはクールな笑顔にマッチした短い髪《かみ》だが、シンプルは麦わら色の長いもつれた髪《かみ》で、いつもうわの空のようだ。

ジャッキーは手を差しだすと、ガムをかみながらあいさつした。

「こんにちは」

シンプルはクレベールとの約束をもう忘れて、お得意のあいさつを始めた。

「こんにちは、元気？　ありがとう、さよう……」

「じゃあここがリビングですか？」

クレベールが力いっぱいどなった。兄の声をかき消すために。

ジャッキーはとびあがった。

「ええ、こちらがリビング、ご覧のとおりとても明るくて、方角は南西向きです」

シンプルが彼女《かのじょ》の目の前にきて、体をゆする。彼女《かのじょ》は思わず目をそらした。

「ぼく、ネクタイしてます。この人、気づいたかどうかわかんない」とシンプル。

ジャッキーの顔に、さっと引きつった笑いが浮《う》かんだが、それはどちらかというと軽い痙攣《けいれん》のようだった。

「そうですね。今の時代、住まいを決めるには、いい印象を与《あた》えたほうが話もまとまりやすいですから」

だが落ちつかなくなってきて、彼女《かのじょ》はもう一本タバコを取りだすと、ライターで火をつけた。

「それ危ない」とシンプル。日ごろ、火で遊ぶことはかたく禁じられている。

「そうよね、やめるわ」とジャッキー。いらいらしてきている。

「もう一部屋あるんですよね？」クレベールが話をもどした。

「ええ、そう、北向きでちょっと日当たりは悪いんですけど、中庭に面してるから、とっても静かで……」

クレベールとジャッキーは、そちらの部屋のほうへいった。シンプルはついていかなかった。目を丸くして、あたりを見まわしている。ここでいっしょに暮らすとクレベールは言ったけど、椅子《いす》もなければテーブルもない。何もない！

シンプルは、この摩訶《まか》不思議な空間の魔法《まほう》が解けてしまわないように、つま先立ちでそっと歩いた。それからわずかに開いたドアに気がつき、押《お》してみた。すると造りつけの食《しょっ》器棚《きだな》が現れたのだ。中身はもちろん空っぽで、ひろびろしている。

シンプルはにっこりして、ポケットに手をつっこむと、フィギュアを二つ取りだした。じつは二つどころか、一式全部持ってきている。それらを棚《たな》に並べていくと、家にいる人たちの様子ができあがった。シンプルは今どこにいるかも忘れて、食器棚《しょっきだな》に頭をつっこみ、小声を出しながらご機嫌《きげん》で遊んだ。そこへジャッキーが、クレベールにエスコートされてもどってきた。

「食器棚《しょっきだな》が気にいりました？　この家のいいところなんですよね。造りつけの収納スペースがたくさんあるんです」ジャッキーがシンプルに声をかけた。

それからドアを大きく開けた。

「あら、前のお子さんが、おもちゃを忘れていったのね。ちょっとごめんなさい……」

そして手をのばすと、棚《たな》のフィギュア一式をかたづけようとした。

「ぼくの！」シンプルがさけんだ。

そして憤慨《ふんがい》しながら、クレベールのほうを向いた。

「この人、ぼくのフィギュア盗《と》った！　この人、死んでもらう。ぼく、ナイフ、ある！」

ジャッキーはフィギュアを取りおとすと、恐怖《きょうふ》にかられて部屋のほうへ後ずさりした。

「シンプル、やめろ！」クレベールがさけんだ。

「大丈夫《だいじょうぶ》です、兄は知的障碍《しょうがい》があるんです。兄は……」

シンプルは大急ぎでフィギュアをポケットにつっこんだ。

「帰って！　ここから出てって！」ジャッキーが命じた。

「大丈夫《だいじょうぶ》ですから。そんなふうに言わなくても」とクレベール。

「だけど、ここはちょっとぼくらには高すぎます。おいで、シンプル。ちがう家をさがそう」

シンプルはジャッキーに、勝ちほこったまなざしを向けた。

「だってここ、椅子《いす》もありません！」

通りに出ても、クレベールは今のことでシンプルをしからなかった。今日という日が過ぎていくにつれ、なんだか妙《みょう》な世界に入りこんでいく気がして、機械のようにしか動けなくなっている。だが押《お》しよせる車の前に兄が飛びだそうとするのは、歩道のはしでなんとか止めた。

「『こいびとさん』は赤だろ」そう言って。

道をわたりおわると、青に変わった「こいびとさん」のガラスの表面を、シンプルはコツコツたたいた。手の届く位置にある信号機だ。

そんなシンプルに、クレベールは内心同情していた。ここで何かいい方策が見つからなければ、マリクロワに送りかえさなくてはならない。

帰り道のとちゅう、クレベールはさびた鉄製の標示板《プレート》に目をとめた。《ヴュー・カルディナル》というホテルの入り口で、「週貸しの部屋あります」と書いてある。

〈住むところが決まるまで、一部屋借りられるかな〉と彼《かれ》は考えた。

大おばさんの家からは、早くにげだしたいのだ。

「おいで」クレベールは、シンプルのそでをつかんで言った。

ホテルの玄関《げんかん》ホールにはだれもいなくて、ほこりっぽいにおいがしていた。カウンターのむこうには、ずいぶん前から客を待っている様子の鍵《かぎ》が、何本かかかっている。

「すみません」クレベールが奥《おく》に声をかけた。

シンプルは不安げに、両手をズボンのポケットにつっこむ。

「あら、いらっしゃい」背後から、ザラリとハスキーな声がした。

濃《こ》いメイクに短いスカートの女性が、二人のほうへやってくる。シンプルは香水をつけた女性が大好きなので、女性に向かって大きくにっこり笑いかけた。すると女性は、シンプルのネクタイをつかんで言った。

「元気？　きみ」

クレベールは、凍《こお》りつきながらそれを見ていた。

「ぼく、ネクタイしてます」

シンプルは、女性がひとめでネクタイに気づいたので、得意満面だ。

「で、あたしに何してほしい？　ウサギちゃん」目をなかば閉じながら、シンプルに言う。

ところがシンプルは「ウサギ」に反応して、ポケットからゆっくり何かを出しはじめると、ちゃめっ気たっぷりに言った。

「ヤッホー」

ポケットの入り口あたりで、だらんとした耳が二つゆれ動いている。

「何それ？」おずおずと女性が聞いた。

「だれそれ？」シンプルが訂正《ていせい》する。

クレベールは兄のそでをつかんでささやいた。

「来《こ》い」

だがそのとき、シンプルはウサギの耳をつかんで引っぱりだすと、女性の目の前で動かしたのだ。女性は悲鳴を上げた。

「パンパンくんです！」シンプルは怒《おこ》ってさけんだ。

クレベールは兄を通りまで引っぱっていったが、そこでもまだ、こんな絶叫《ぜっきょう》が聞こえてきた。

「変よ、変、その二人！」


クレベールは、大おばさんの黒ずんだアパルトマンに急いで帰る気もしなかった。そこでシンプルに、金色にも白にもかがやくすばらしい石の外壁《がいへき》の名門高校、アンリ四世校《リセ》を見せようと決めた。

「ほら、ぼくの学校。なかなかだろ」

「べつに」

二人はリュクサンブール公園まで、のんびり歩いていった。今度はシンプルがパンパンくんに、池に浮《う》かぶおもちゃのヨットを見せたがった。二人は小さな池のそばにすわり、シンプルはウサギのぬいぐるみを膝《ひざ》にのせた。

「そんなふうにポケットにつっこんどくと、ヨレヨレになっちゃうよ、きみのパンパン」

とクレベール。

「パンパンじゃない。パンパンくん」

「そうだね」クレベールは、ほほえみながらつぶやいた。

子どもたちが、水に浮《う》かべたヨットを追いかけて、池のまわりを走りまわっている。クレベールは指先で、水をピチャピチャいわせてみる。日が沈《しず》もうとしていた。

クレベールは、気にしないことにした。

何を？　ほかの人たちが、シンプルやウサギのぬいぐるみをどう思うかを。

そして水から手を出すと、シンプルの膝《ひざ》の上に置いた。

「いこうか？」

「……ぬらした」

とちゅう、二人はミルクチョコクッキーがほしくて、小型スーパーに寄った。レジに並んでいるあいだ、クレベールは地元の客たちが貼《は》っていく小さなお知らせに目をやった。

と、不意にまゆをひそめたのだ。運命が呼んでいた。

〈シェアアパルトマンのため、ルームメイト二名求む。こちらは学生数名。電話：06……〉

クレベールはポケットにあった紙切れに、電話番号をひかえた。

大おばさんの家に帰ると、シンプルはお風呂《ふろ》に入りたいと言った。そしてバスルームにフィギュアを入れた袋《ふくろ》を持っていこうとした。

「パンパンくんはお風呂《ふろ》に入れちゃだめだよ」クレベールが注意する。

「入れない」

「ベッドの上に置いといで」

「うん」

ところがクレベールが後ろを向いたとたん、シンプルはパジャマでパンパンくんをくるみ、バスルームめがけて走った。

「息できない！」

ウサギのパンパンくんが顔を出して、はあはあ言った。

それから洗濯機《せんたくき》の上にすわって、バスタブにお湯がたまっていくのを眺《なが》めた。

「バスジェル入れる？」とパンパンくん。

シンプルは青いボトルを開けると、その四分の一ぐらいをたっぷりお湯にそそいだ。

「もっと！　もっと！」

片足ずつぴょんぴょんとびはねながら、パンパンくんがさけぶ。

「だめだよ、そんなの」シンプルがきびしい声で言う。

でもパンパンくんは、聞こえないふり。そして話をそらした。

「キャンプ、する？」

シンプルは、フィギュア用のテントとボート、オオハシウミガラス〔ペンギンに似た姿の海鳥〕とスキーヤーの人形をいくつか持っている。キャンプごっこにもってこいだ。

「ぼく、スキー一つなくした」とシンプル。

それでタイル張りの床《ゆか》に、袋《ふくろ》の中身を全部空けてさがしはじめる。

「ちぇっ、くそっ」とパンパンくん。

「あーらら、いけない言葉」

「知るか」

二人はくすくす笑った。それからいっしょに泡風呂《バブルバス》に飛びこみ、スキーヤーたちをおぼれさせ、オオハシウミガラスたちを救助し、

氷山をぬうようにしてボートをこいだ。

一時間もすると、風呂《ふろ》は冷たくなって、床《ゆか》はびしょぬれ。パンパンくんは水を吸って、ぐっしょり重くなっている。

「体重が二トンになっちゃった」とパンパンくん。

「ちぇっ、くそっ」とシンプル。

だが、この惨状《さんじょう》をクレベールに知らせなくてはならない。

「なんだこれは！　工事現場かよ？　で、またウサギをぬらしたんだな。全部きれいにしろ」

シンプルは素直に従った。フィギュアは、すべてまた袋《ふくろ》のなかにもどっていった。

「ぼく、スキー一つなくした」

「おお、それは大変」とクレベール。

それから力いっぱいぬいぐるみのウサギをしぼると、物干しロープに二つの耳をとめて干した。

「こんなことばかりしてると、今にこのウサギだって死んじゃうぞ」

シンプルは、パンパンくんをじっと見つめた。そして肩《かた》をすくめた。

ぬいぐるみだって乱暴なことをされれば、そのうちボロボロになってしまうのに、シンプルにはそれがわかっていない。

〈このぬいぐるみ、いつかはただのボロになっちゃうんだろうな……〉

クレベールはそう思うだけで、せつなくてたまらなくなるのだ。

2 パンパンくん、ぱっとしないウサギの巣に引《ひ》っ越《こ》す

エンゾは、朝七時にとなりの部屋の恋人《こいびと》たち、アリアとエマニュエルに起こされるのがおもしろくない。壁《かべ》のむこうでいちゃつく二人の声が聞こえてくると、自分は一人ぼっちだと思い知らされる。エンゾは金髪《きんぱつ》で、さわやかな二十一歳《さい》だ。その気になれば、ガールフレンドもできるはず。でも、女の子たちのほうからこの胸に飛びこんできてほしいのだ。本人にやる気がないのかプライドの問題なのか、いずれにしても、まだ「この人だ」と思いさだめる人に出会っていない。

「コーヒー、ある？」

シェアアパルトマンの同居人《ルームメイト》コランタンが、キッチンに入ってきて聞いた。

「うー……」

まだ眠《ねむ》すぎて、エンゾはきちんとしゃべれない。

「昨日、ルームメイトにって電話してきたやつがいてさ。そいつと弟の二人だって」とコランタン。

「また男かよ」エンゾはため息をついた。

学生街カルチエラタンのカルディナル・ルモワーヌ通り九十九番地には、四人の若者が住んでいる。エンゾ、アリアとその彼氏《かれし》エマニュエル、それにアリアの弟コランタン。

「なんで女の子がこないんだ？」エンゾはうめいた。

「じゃあ、さがせば」

コランタンは、大きなカフェオレボウルにコーヒーをついだ。

「感じよかったけどな。二十二で、十七の弟がいるんだって」

「十七？　おい、幼稚園《ようちえん》じゃないんだぞ」

クレベールは電話で、兄のふりをして話したのだ。

「その学生、専攻《せんこう》は何？」

コランタンは記憶《きおく》をかき集めようとした。

「そこはわかんない。弟は、アンリ四世校の三年だって」

「ウザいよ、コドモは」エンゾが、いやそうに言った。

「レゲエとラガ〔レゲエの一種。電子音楽の要素で作られている〕のちがいを語ったり、オンナの話をしたり大麻《たいま》を吸ったり、カッコばかりつけてさ。コドモはきらいだね」

「チョコ・ペースト取ってよ、おじいちゃん《パピ》」

「おまえもコドモだな。チョコ・ペーストなんて、コドモの食いもんだぜ。パンにはハチミツがいちばん」

「いいね、くまのプーさんみたい」

「くまのプーさんは女の子にモテるかな？　……チョコ・ペースト返して」

わびしそうに、エンゾは自分のスプーンをチョコ・ペーストの瓶《びん》につっこんだ。

「おい、瓶《びん》から直接食うなよ。汚《きたな》いから」

「いや、コドモだから」とエンゾ。

コランタンはため息をついた。こんなふうにいちいちつっかかってくる朝は、エンゾとまともに話はできない。

「おはよう、男子のみんな！」

アリアだ。頬《ほお》はほのかにピンク色、ショートヘアは乱れてくしゃくしゃのまま、ほとんどボタンをはめていないパジャマ姿で、おそろしくセクシーだ。弟に軽くキスし、エンゾの頭をポンとたたくと、アリアはかたいパンをしっかりかじった。優雅《エレガンス》そのもののふるまいだが、自分が与《あた》える印象などまるで気にしていない。エンゾとコランタンは、口をぽかんと開けて彼女《かのじょ》を見つめていた。

「何時にくるの、その新しいルームメイトは？」

アリアはすばやく片脚《かたあし》を曲げるとおしりの下にしいて、器用にすわりながら聞いた。

「ちょっと待ってよ、その二人、ぼくはあんまり気にいらないね！」とエンゾ。

「どっちかっていうと、気にいられない恐《おそ》れがあるのは、あの部屋のほうよね」とアリア。

いい部屋は、すでに四人の若者に割りあてられている。残りの二部屋は、せまくて寒くて使いにくい。

エマニュエルが入ってきた。二十五歳《さい》。ルームメイトたちのなかで、いちばん年上だ。

「お、ティガーのおでましだ」とエンゾ。

アリアの彼氏《かれし》は、警戒心《けいかいしん》をにじませた笑顔でエンゾを見た。

「なぜティガー？」

コランタンが笑いだした。

「それは、ぼくがくまのプーだから。で、コランタンはラビット」エンゾがのびをしながら答えた。

「あいかわらず、わけのわからないことを」エマニュエルがぶつぶつ言った。

「お、どっちかっていうとイーヨーだな」

エンゾは、年寄りで暗いあのロバの声をまねして言った。

「『おはよう、もしお早いっていえるならばだけど……』」

エマニュエルはやりきれなそうな目でアリアを見た――こんなやつが文学士だとはな！

アリアは、罰《ばつ》としてもういちどエンゾの頭をたたいたが、エンゾは彼女《かのじょ》の脚《あし》にお返しをした。

アリアは金切り声を上げると、こぶしを固めてエンゾに殴《なぐ》りかかった。エマニュエルはぼうぜんと立ちつくしている。

「わかった、もういい！　落ちつけ！」

エンゾが勢いよく立ちあがって、すわっていた椅子《いす》をエマニュエルにすすめる。

「すわれよ、あっためといたから」

二人の視線がぶつかった。エマニュエルはエンゾに、自分に取ってかわろうとする若い男の気配を感じとっていた。

朝食がすむと、四人はそれぞれの一日を始めた。エンゾは部屋にもどると、ふたたびベッドに寝《ね》ころんだ。

「今いい？」と、コランタンの声がした。

「自分で考えろ」エンゾは片ひじをついて起きあがる。

「何してるの？」コランタンが部屋に入ってきた。

「なんにも」

コランタンはすわった。素直な性格で、中学一年からエンゾにあこがれて生きている。

「彼《かれ》ら、コーヒーを飲みにくるんだ」

「だれが？」息もたえだえの声で、うっとうしそうにエンゾが聞く。

そして、これ以上この世の重さに耐《た》えられないとでもいうように、またごろりと寝《ね》ころんだ。

「ルームメイトだよ。っていうか、ルームメイトの候補。会わなきゃだめだよ」

候補の兄弟は、エンゾがいいと言えば合格、だめと言えば不合格でお引きとり願う。コランタンはそう決めている。

「めんどくさいなあ」エンゾは目を閉じてつぶやいた。

「何かあった？」

コランタンは、人の心が読めるタイプというわけではなかったが、それでも友のなかで何かがうまくいっていないことはわかった。

「おれは……」

不意にエンゾは起きあがると、壁《かべ》を殴《なぐ》った。

「おれは、朝七時におまえの姉さんとあの解剖男《かいぼう》に起こされるのは、ごめんなんだよ！」

エマニュエルは医学部生なのだ。アリアも同じ。

エンゾはのびをした。こうしてぶちまけても、さほど心は晴れなかった。

しばらくして、コランタンが聞いた。

「好きなの？」

「だれを？　まさか！　単に……マナーの問題だよ。壁《かべ》のこっち側にはおれがいるってこと、あの二人だって考えるべきだろ」

コランタンは、これ以上この話はやめておくことにした。姉のことは尊敬しているし、エマニュエルのことも、どちらかというとすごいと思っている。男らしくて、そんなにおもしろくはないけれど、よく勉強する努力家だ。ため息をつきながら、コランタンは立ちあがった。

「じゃ、昼にくる？」

「どこに？」

やっぱりこういう朝は、エンゾとまともに話はできない。


一方、クレベールは、午前中ずっとストレスにさらされていた。兄をどう紹介《しょうかい》したらいいのか？　本人にしゃべらせていいのか？

「手、洗った？」とクレベール。

シンプルは、すでに十回、手を洗っていた。クレベールのストレスで、シンプルも不安になっている。

「よし。いつものピストルは置いていくこと。いいね？」

「ぼく、ナイフ持ってる」

クレベールは、ふだんよりいっそう暗い目でシンプルをにらんだ。

「ネーヤンネグナン」シンプルは早口で口ごもる。

「え？」

シンプルは背伸《せの》びをすると、クレベールの耳にささやいた。

「パンパンくん、持ってっていい？」

一生けんめいに、たのんでくる。クレベールはちょっと迷ったが、ぬいぐるみが顔を出したときのことが頭に浮《う》かんで、きっぱり言った。

「だめ」

だが出かけるまぎわになって、クレベールが新しい携帯《けいたい》電話をさがしているあいだに、シンプルはパンパンくんをポケットにつっこんだのだ。それから知らんぷりして、こう聞いた。

「どうしてぼく、ケータイないの？」

「ぼくのをこわしたから」

「どうしてぼく、こわしたの？」

「アホだから」

「あーらら……」

「ああそうだよ、いけない言葉！」

クレベールは、感情をコントロールできなくなっていた。

さて、めざすアパルトマンは、二区画《ブロック》しか離《はな》れていなかった。

「ぼくがやる、ボタン押《お》すの、ぼくがやる！」

インターホンの前で、シンプルはさけんだ。

そのブルゾンの襟元《えりもと》をつかんで、クレベールが言った。

「いいか、よく聞け。おとなしくしているか、さもなければ、マリクロワに送りかえされるか」

シンプルがさっと青ざめ、クレベールはすぐ自己嫌悪《じこけんお》におちいった。だがそのまま〈COLOC〉（ルームメイトという意味）というボタンを押《お》した。

「はい？」女性の声がした。

「バルナベ・マリュリとクレベール・マリュリです」

玄関《げんかん》ホールはりっぱで、高級な雰囲気《ふんいき》がただよっている。管理人室のカーテンは開いており、管理人《コンシエルジュ》が兄弟をじろじろ見た。クレベールは、錬鉄《れんてつ》製の格子でおおわれた非常に古いエレベーターに乗るのは拒否《きょひ》して、階段を上った。シンプルは、しきつめられた赤いカーペットに心をうばわれ、まるで卵をふみつぶすまいとするかのように、つま先立ちで上っている。

「エレベーターの調子、悪かった？」入り口の前で、アリアが二人を出むかえた。

「こんにちは……あなたがバルナベ？」

アリアはクレベールにそう話しかけた。彼《かれ》は兄より頭一つ分大きいので、まちがわれてもしかたない。

「いえ、ぼくはクレベールです」

「え？　失礼しました。ていうか、ごめんね。ていねい語やめていい？」

二人は室内に入っていった。アリアはシンプルに手を差しだした。

「じゃあ、あなたがバルナベね。わたしはアリア」

それから気まずい時が流れた。シンプルはアリアの手をにぎったまま、ずっと何も言わなかったのだ。

「で……あの……みんなリビングにいるわ。コーヒーを飲むところ。こちらへどうぞ！」

アリアはとまどいながら、言葉をついだ。

本を読んでいるエマニュエル、タバコを吸っているコランタン、何もしていないエンゾ。テーブルにはコーヒーポットと何客ものカップに、さくさくしたバタークッキーがのったお皿。マリュリ兄弟が入っていくと、「こんにちは」のさざめきが起きた。全員がテーブルを囲んですわっている。面接へとかじを切ったのは、エマニュエルだった。

「で、お二人は部屋をさがしてるんですね？」

クレベールが、今は高齢《こうれい》の親戚《しんせき》の家に仮住まいしているが自立したいと思っている、と説明した。

「専攻《せんこう》は何？」エマニュエルが、アリアと同じまちがいをおかしながら聞く。

「これから高三になるところです」

全員がシンプルを見た。シンプルは両手をテーブルの下に置いて、うつむいている。

「ええ、その……こっちがぼくの兄です。ア……（と言いかけたのをのみこんで）知的障《しょう》碍《がい》があるんです」とクレベール。

沈黙《ちんもく》が広がって、クレベールは途方《とほう》に暮れた。

「ええ、これは……これは問題ですよね」消えいりそうな声だ。

アリアが気の毒そうにたずねた。

「口がきけないの？」

「あ、ちがいます！　今は気おくれしてるだけです」

シンプルはうつむいたまま、きょろきょろしている。いい印象を与《あた》える姿ではない。

「何か言ってみない？　シンプル」クレベールがささやいた。

シンプルは首をふった。きつい顔つきだ。

「生まれつきですか？」とエマニュエル。

「はい。おそらく母親のお腹《なか》にいたときに何か……ってことらしいです」

「自閉症《じへいしょう》か何か？」エマニュエルがさらに聞く。

「おい！　診察《しんさつ》じゃないんだから！」

エンゾが割って入った。そしてクレベールのほうを向いた。

「ちょっとむずかしいだろうな。ぼくらは学生だからさ。きみのことはなんの問題もなく受けいれられるけど、兄貴のほうは、一人にしておくわけにいかないだろ。どこか……特別なんとか、ってところに入れないと」

アリアが怒《いか》りのまなざしを向けた。

「いや、その、ぼくにだって、あたたかい心はあるさ！　でもこういうことは、ぼくらの手には負えない。ぼくらでどうこうすることはできないだろう……」とエンゾ。

「かかえてる障碍《しょうがい》によるな」とエマニュエル。

エマニュエルには、エンゾの意見さえわかればいい。そうすれば、必ずその逆をいく。

「治療《ちりょう》は受けてる？　デイ・ホスピタル〔心に不調のある人などが家庭や社会から孤立《こりつ》しないよう日中に治療《ちりょう》を受ける医療《いりょう》サービス〕にいってる？」エマニュエルはクレベールに聞いた。

そのとき、シンプルが何やらつぶやいた。

「ムニャモニャモニャ」

「ああ、声出せるんだ！」とエンゾ。

シンプルはアリアに話しかけた。アリアだけに。

「お菓子《かし》食べていいですか？」

「ええ、どうぞ……」

アリアはまるで小犬にあげるように、クッキーをつまんでわたした。クレベールは、これほどの屈辱《くつじょく》を感じたことはなかった。そしてそのまま決定的な事実を述べた。

「実際、兄の知能指数は三歳児《さいじ》並みなんです」

「え、そう？　じゃあコランタンと同じだな」

エンゾがつっこんだ。友だちをネタにして。

だがこの冗談《じょうだん》で、場は一気になごんだ。アリアがコーヒーをつぎながら、クレベールに聞く。

「彼《かれ》も飲める？」

「だめ。興奮させてしまうから」エマニュエルが横から言う。

若者たちの態度に、クレベールはげんなりしていた。

〈これじゃ大おばさんよりひどいかも！〉

だがクレベールがげんなりすればするほど、兄のほうは元気が出てきたようだ。おそらくクッキーと、アリアの笑顔の効果だろう。

シンプルはうつむいたまま、まるでクッキーに話しかけるように言った。

「この人、きれいです。この女の人」

「おっと、コランタンよりオトナだな」とエンゾ。

シンプルは目をそらすと、弟のほうを向いておずおずとエンゾを指さし、ささやいた。

「あの人、名前、何？」

「ぼくは、くまのプー」エンゾが自己紹介《しょうかい》する。

「で、こっちは（コランタンを示しながら）ラビット」

〈ラビット〉という言葉で、シンプルはポケットに手をつっこんだ。それからまもなく、テーブルの下から二つの耳が現れた。

「ヤッホー」耳をゆらしながら、シンプルが言う。

「なんだそれ？」うんざりしたように、エンゾが聞く。

「だれだそれ？」シンプルが勝ちほこったように訂正《ていせい》する。

「『パ』がつきます」

「ウサギのパンパンくん」

クレベールが、身の置き場のない時間を少しでも短くしたくて、急いで言った。

「当たりぃいいいいい！」

シンプルがウサギの両耳をつかんでゆらす。エマニュエルは反射的に椅子《いす》の奥《おく》まで身をひいた。

「おいおい！　薬を飲みわすれたの？」

エマニュエルが心配するのをよそに、エンゾは正反対の反応をした。

「いや待てよ、おもしろいぞ、こいつ！　それにイケてるウサギを持ってるじゃないか」

「ぼく、ナイフ持ってる」とシンプル。

「そうか、ぼくは、短い剣《けん》持ってる！」子どもっぽい口調でエンゾが応える。

シンプルは、まるでその冗談《じょうだん》がわかったかのように笑いだした。

「性格いいみたいだな」とコランタン。

エンゾが意見を変えはじめたのを感じて、加勢したのだ。

「すごく人なつこいんです」クレベールは言った。

とつぜん、希望がよみがえってきた。

同時に思った。ケータイのこと、スタート用ピストルのこと、ほかにも毎日が味わい深いものになっている兄とのあれこれを話す時間はまだある、と。アリアがシンプルにコーヒーをついでいる。シンプルは百面相みたいにいろいろなしかめ面をしながら、少しずつ飲みはじめる。

「お部屋、見てみる？」アリアが言った。

クレベールは耳を疑った。たぶん、二人は受けいれてもらえるのだ。

そのフロアの最後の二部屋は、廊下《ろうか》のつきあたりにあった。最小限の家具だけが置かれ、壁紙《かべがみ》は色あせて、ぱっとしない部屋。だがクレベールは舞《ま》いあがっていた。二つの部屋はなかでつながっている。シンプルも、どちらかが自分の部屋になると理解して、ひとことと言った。

「しょぼい」

つきそってきたアリアも認めた。

「いいお部屋はわたしたちが取っちゃったの。勝手よね」

「かまいません。これでじゅうぶんです」

クレベールがうれしそうに言ったので、これまで実際、ちょっぴり自分勝手に生きてきたアリアは、喜びを感じた。

〈わたし、感じのいい男の子と障碍者《しょうがいしゃ》のお兄さんに、いいことしてるんだ〉と。

「それじゃあ……いつ引《ひ》っ越《こ》してくる？」アリアは明るく聞いた。

それにはまず、家賃など金銭的なことをはっきりさせなくてはならない。そしてそういう話だと、シンプルは飽《あ》きてしまうかもしれない。

「おもちゃ出してあげる」クレベールが兄に言った。

そしてバックパックを開けると、フィギュアを少し出した。

「ピ、ト、ス、ルある？」

「ない。持ってこなかった」とクレベール。

「ちがう。ちっちゃいピトスル。カウボーイの」シンプルは食いさがる。

アリアはその様子を見て、二人にやさしい気持ちを抱《いだ》いたにもかかわらず、ちょっとたじろいだ。

「えーと……じゃあ、リビングで待ってるわね」

アリアがいってしまうと、クレベールは兄のブルゾンをつかんだ。

「おい、よく聞け……」

「マリクロワにいきたくない」シンプルは半泣きだ。

「ちがうよ、いかなくていいから」

クレベールはシンプルに耳打ちした。

「ぼくたち、受けいれてもらったんだ。ここに住めるんだよ。でもいい子にしてないとだめ。この部屋で、一人で遊んでいられる？」

「一人じゃない！」

シンプルはウサギのぬいぐるみをゆらした。クレベールは部屋をぐるりと見まわして、目ざまし時計も電話も、こいびとさんが隠《かく》れていそうなものは何もないのを確認した。それからリビングにもどった。

「最高です」クレベールは部屋にもどるなり言った。

そして金銭的な条件と、家事など家の仕事の分担と、共同生活のルールについて承諾《しょうだく》した。ただその後に、気づまりな質問がきた。

「きみが学校にいってるあいだは、だれがお兄さんの面倒《めんどう》を見るのかな？」エマニュエルが聞いた。

「いつも一人で過ごしてます。遊んだり、ぬり絵をしたり、絵本を見たり……」

「テレビは？」とコランタン。

「あんまり。どっちかっていうと、アニメのビデオかな」

「『くまのプーさん』のシリーズ、全部持ってるよ」とエンゾ。

ユニークなルームメイトが加わることで、エンゾはご機嫌《きげん》だった。


こうしてクレベールがルームメイトたちに気にいられようとしているあいだ、ウサギのパンパンくんは、新しい部屋を見まわしていた。

「ぱっとしないな」とパンパンくん。

でも、大きなベッドに羽根布団がのっているのに気がついた。

「巣穴、作る？」

あまり知られていないことだが、羽根布団はぬいぐるみのウサギにとって、すばらしい巣穴になるのだ！　シンプルはベッドから羽根布団をはぎとると、枕《まくら》と長枕《ながまくら》も使って巣穴の形を作った。パンパンくんが、そこへ耳から入っていく。

「なか、どう？」シンプルが聞いた。

パンパンくんはすっかり穴のなかに入っていたので、息がつまってあえぐような声しか聞こえない。

「ぱっとしない」

そして出てきた。

「椅子《いす》もない」

「でも静かですよ、北も、南も、南西も」

シンプルが、不動産会社の人とのやりとりをまねして言う。

「椅子《いす》、ないの？」パンパンくんはこだわっている。

シンプルはあたりを見まわすと、手のひらで額をたたいた。あるじゃないか！　棚《たな》に、小さい判型《リーヴル・ド・ポッシュ》の本が何冊かある。ぬいぐるみの家具に、もってこいだ。というわけで、そこにあった本はすべて羽根布団の下に消えて、椅子《いす》とテーブルとベッドになった。

「かたいよ、このベッド！」パンパンくんが訴《うった》える。

そこで、たたんであったランチョンマットをマットレスにした。シンプルは、パンパンくんの巣穴に入ろうとするうちにすっかり暑くなってきたので、ブルゾンをぬいだ。それからシャツをぬぎ、靴《くつ》も、ソックスもぬいだ。

「ぼくは、いつもはだかだよ。いっしょにはだかになろうよ」パンパンくんが、そそのかした。

一時間も遊ぶうちに、カーペットの上にばらまかれた衣類とおもちゃとで部屋は大変なことになり、ベッドの下はめちゃくちゃになった。そこへクレベールが、兄をさがしてやってきた。エンゾもいっしょだ。

「シンプル、何やってるんだ？」

シンプルはあたりを見まわすと、なんとなくバツの悪そうな様子になって言った。

「工事現場」

エンゾが入ってきた。

「たったこれだけの時間でここまでやるとは、新記録だな、きみのお兄ちゃん」

「本人がすぐにかたづけます」

夕方になるころには、クレベールはもう怒《おこ》ってはいなかった。

「全部かたづけろ。それにしても、なんではだかになったの？」と、クレベールは聞いてみた。

「ウサギになるため」

それからの何日かは、うきうきと過ぎていった。マリュリ兄弟が引《ひ》っ越《こ》しの準備を始めたのだ。正確には、クレベールが荷造りをし、シンプルはその様子をウサギのパンパンくんに伝えつづけた。そしてクレベールが、家具の下からフィギュア用のスキーの片方を見つけたときには、高らかにこう言った。

「今日は、ぼくの人生で最高の日」

もし今、この兄を健常者と取りかえてあげようと言われたとしても、クレベールは断っただろう。

「おいで、大おばさんにさよならを言おう」

クレベールは老婦人にお別れのキスをし、お世話になってありがとうございましたと言った。

「シンプル、大おばさんにキスする？」

「しない。くさい」

二人は大急ぎで通りに出た。そしてあのインターホンの前にくると、クレベールはルームメイト用のボタン〈COLOC〉を兄に押《お》させてやることにした。ところが有頂天になったシンプルは、一つ押《お》すだけではとても足りなくて、ほかのボタンもつぎつぎ押《お》しはじめたのだ。

「7、9、12、B、1000、100」とつぶやきながら。

「もしもし？」

「はい？」

「どなた？」

シンプルは、あぜんとしてインターホンを見た。

「なかに、こいびとさんがいっぱいいる」

玄関《げんかん》ホールではカーテンが開き、そのむこうで管理人は、新しい間借り人たちが入っていくのを目で追った。


リビングでは、マリュリ兄弟の入居を歓迎《かんげい》して、例の若者四人が集まっていた。クレベールは、引《ひ》っ越《こ》し作業のあいだに一人一人と話す機会があったが、シンプルのほうは、作業についてきていなかった。おかげで初めてここにきたときと同じようにおどおどして、フィギュアをつめこんだバックパックにしがみついている。そこでアリアがクレベールに聞いた。

「お酒、少し飲むかな？」

「だめだ、それは。薬の服用中に飲むのはまずい」エマニュエルが答えた。

この未来の医師は、シンプルが薬づけになっていると思いこんでいるのだ。そしてクレベールのほうを向いた。

「脳のどこかが、分娩時《ぶんべん》に損傷を受けたとか？」

「エマニュエル、きみは親切だけど、今は診察《しんさつ》の実習じゃないだろ。それはそうと、パンパンくんはここが気にいった？」エンゾが割って入って聞いた。

「これはぬいぐるみです」とシンプル。

シンプルの世界には、招かれなければ入れないのだ。

「こないだのお菓子《かし》、もうないですか？」シンプルはアリアに聞いた。

「今日は食前酒用《アペリティフ》のクッキーよ」

全員がすわって、それぞれ好きなものを飲んだりしゃべったりしているが、だれもが目のはしでシンプルの様子をうかがっている。と、シンプルはプレッツェル〔8の字のような形のクラッカー〕を取り、味見して「くそ」とつぶやくと、そのまま菓子鉢《ボウル》にもどし、続いてチーズの焼き菓子《がし》をかじった。そしてこれにも「げー」と言って、ボウルにもどす。

「おい、こら、全部味見する気かよ！」エンゾが抗議《こうぎ》する。

「あんただって似たようなもんでしょ」とアリア。

「え？」

「チョコ・ペーストの瓶《びん》からじか食《ぐ》いするじゃない！」

そのときシンプルは、塩味のアーモンドを、灰皿に「ぺっ、ぺっ、ぺっ」と吐《は》きだしていた。

「きったねー！」エンゾはがまんならなくなった。

クレベールは容赦《ようしゃ》なくシンプルのそでをつかむと、立ちあがらせた。

「まだアペティィリフ全部食べてない！」シンプルは憤慨《ふんがい》している。

「部屋にいくんだ。お行儀《ぎょうぎ》よくなかったから。ほら、バックパック持って、ついてこい」

とまどったような静けさが広がるなか、みんな、兄弟を目で見送った。

「まだまだこれからだよな」コランタンが、ふと言った。

3 パンパンくん、みんなにしっぽがあればいいのにと思う

シンプルは早起きだ。クレベールからは、ベッドで絵本を見ているようにと言われているが、シェアアパルトマンでのわくわくする世界が扉《とびら》のむこうに広がっていると思うと、今朝はとてもじっとしていられない。

特に考えもせず、シンプルはパジャマ姿ではだしのまま、廊下《ろうか》に出てみた。フロア全体が、早朝のひっそりした幸福感のなかでまどろんでいる。みんなまだ寝《ね》ているんだと思ったシンプルは、自分に「しーっ」と言いきかせながら、廊下《ろうか》のまんなかあたりまで歩いてみた。だがそこで、静かすぎるのが怖《こわ》くなって、部屋までかけもどるとベッドの上に飛びのった。

「どうしたの？」ウサギのパンパンくんが聞いた。

「べつに」

でも本当は、ひどく怖《こわ》かったのだ。

「いっしょにくる？」とシンプル。

「それより巣穴作らない？」

だがシンプルは、未知の世界に心を引かれていた。そこでパンパンくんの両耳をつかむと、ふたたび廊下《ろうか》に出た。そしてつま先立ちで歩いていったが、閉ざされたドアの一つの前で、ふと足を止めた。

何やら奇妙《きみょう》な音が聞こえてくる。シンプルはドアに耳をつけ、二つの仮説を立てた。その一、ベッドで二匹《ひき》の犬がけんかしている。その二、インターホンのなかにいたこいびといさんたちが、マットレスの上でとびはねている。

シンプルは、鍵穴《かぎあな》からなかをのぞいてみたくてたまらなかったが、がまんして、リビングのほうへ歩いていった。

そしてローテーブルの上に、ゆうべのあのアペティリフの残りがあるのに気がつくと、

「ああ！」と小さく勝利の声を上げた。クレベールのせいで、食べるひまがなかったサイコロ型チーズだ。

シンプルは、コショウ風味の四角いチーズの銀紙をむくと、口に入れて、かまずに上あごと下あごで押《お》しつぶした。と、顔中がまっ赤になって、口から火が出そうになったのだ。あわてて吐《は》きだそうとし、シンクまでいこうとする。

「毒だ！　それ毒だよ！　ほら、これ飲んで！」

とびはねながら、ウサギのパンパンくんがさけんだ。

そしてウイスキーの瓶《びん》をすすめた。シンプルは、グラスにたっぷり半分ぐらいついで飲

んだが、そのとたん、今度は窒息《ちっそく》したと思った。

「死ぬの？」パンパンくんが絶叫《ぜっきょう》する。

シンプルはシンクまで走っていくと、水道の蛇口《じゃぐち》をひねってその下に顔を入れ、がぶがぶ水を飲んでから顔を上げた。蛇口《じゃぐち》を閉めることなどすっかり忘れたまま。視線の先に、まったくもって興味深いものを見つけたからだ。

「火」シンプルはパンパンくんに言った。

灰皿の横に、ライターがあったのだ。シンプルは指先でそっと触《ふ》れて、火が飛びだすのを待った。

「手に取って、取って！」パンパンくんが背中を押《お》す。

「なかにこいびとさん、いないかな？」

「いないよ！　いたらみんな丸焼きだ」

シンプルは天井を見あげながら、ライターを取った。こんなこと、クレベールはいいと言わないに決まっているから、自分の手がしていることを見ないようにしたのだ。あまりにいけないことをしている気がしたので、ドアが開く音がしたときにはとびあがった。そしてライターをそでのなかに隠《かく》すと、急いで自分の部屋にもどることにした。

ところがフロア全体は広くて、シンプルは方向がわからなくなった。そのままバスルームに向かってまっすぐ進んだが、そこではちょうどアリアが、エマニュエルのぶかぶかの

Tシャツをぬいだところだった。

時刻は朝の七時。まだみんな寝《ね》ていると思って、アリアは鍵《かぎ》もかけずにバスルームに入っていくと、お湯の蛇口《じゃぐち》をひねり、シャワーヘッドをつかんで……悲鳴を上げた。シンプルがドアを開けたのだ。

「何してるの、そこで！　あっちいって！」

シンプルはアリアを見つめると、目玉が飛びだしそうになった。

「おちんちん、ないの？」

アリアは片手で前を隠《かく》した。旧約聖書で楽園のイヴが、犯した罪におどろいたみたいに。

「しっぽもないの？」すっかりおどろいて、シンプルはなおも言う。

アリアは返事のかわりに、シャワーをシンプルに向けた。シンプルは後退せざるをえなかった。

「びしょぬれ」シンプルは怒《おこ》っている。

「ぼくも」とパンパンくん。

そして二人ともフロアの反対側まで走って、自分たちの部屋に閉じこもった。

「あの人、いじわる」とシンプル。

だが頭から離《はな》れなかったのは、そのことではない。

「見た？　おちんちん、なかった」

「女の子だから」

パンパンくんはそう言いながら、枕《まくら》の上にごろりと寝《ね》そべった。

「女の子には、ない？」

「ない」

シンプルは頭のなかが混乱してきた。

「ちっちゃいんじゃない？　よく見えないんじゃ……」

「顕微鏡《けんびきょう》でしか見えないってこと？」パンパンくんが聞く。

シンプルは考えつづけるタイプではないので、デリケートなこの問題はあきらめることにして、パジャマのそでをふった。そして先ほどのライターを、戦利品のようにうっとり眺《なが》めると、衣装棚《いしょうだな》のスウェットの下に隠《かく》した。


エマニュエルはキッチンに入ってくるなり、蛇口《じゃぐち》が開けっぱなしになっているのに気がついた。そして閉めながら、こう決めつけた。

「エンゾだな」

若きライバルを思って、くちびるに思わずあざけるような笑みを浮《う》かべる。アリアと愛しあってきたところだったから、自分はハンサムで力にあふれ、男らしいのだと自信に満ちている。もうじきぼくはパリの病院でインターンになり、アリアと結婚《けっこん》して、子どもが何人も生まれるのだ。そのあいだも、エンゾは変わらずただぶらぶらと過ごしているんだろう。

エマニュエルはコーヒーの準備をしながら、スプーンを数えた。

「5、6……」

「12、9、B、1000、100」

「ああ、あなた……きみか……」

エマニュエルは、親しい言葉づかい《チュトワイエ》をそこでやめた。シンプルとは、できることなら距《きょ》離《り》を置きたかったのだ。

「あなた……きみ、今朝は薬を飲んだ？」

「おいしくない、スクリ」

シンプルの声には敵意がにじんでいた。エマニュエルはマリクロワを思い出させるから。

「ここにいたの」アリアが入ってきた。

エマニュエルはほっとした。

「エンゾが蛇口《じゃぐち》を開けっぱなしにしていった」とエマニュエル。

「エンゾが？　そう？」

アリアは目でシンプルに問いかけた。

「ぼくじゃない。パンパンくん」

「いい口実になるな、そのウサギ」

エマニュエルはつぶやくと、スプーンを二本足して言った。

「新しいルームメイトの選択《せんたく》、誤ったんじゃないか？」

アリアは、当事者の一人がここにいるんだから、というしぐさをした。

「はっきり言えばいいじゃないか。実際、障碍者《しょうがいしゃ》なんだし」アリアに向かってエマニュエルが言った。

「ア・ホ」シンプルが言いなおす。

「完璧《かんぺき》に話についてきてるわよ」と、アリア。

それからシンプルのことはもうかまわずに、二人はすわって朝食の準備を始め、トーストを作ったり、おたがい親しげに呼びあったりした。

「バター取って、シェリー《いとしいきみ》」

「ジャム取って、ベイビー《かわいいあなた》」

シンプルもお腹《なか》がすいていたので、アリアに向かって言ってみた。

「お菓子《かし》取って、シェリー」

アリアは大笑いすると、食品庫にクッキーをさがしにいった。

「はいどうぞ、ベイビー」

「ぼく、ベイビーじゃない。ナイフある」

エマニュエルはコーヒーカップをすばやく置くと、つぶやいた。

「ありえない」

「落ちついてよ。彼《かれ》、悪いことはしないわ」とアリア。

「へえ？　そう思う？」

「そう思う」

二人の視線がぶつかった。

「あの人、やさしい。あの女の人」シンプルはクッキーに言った。

「でもおちんちん、ない」

エマニュエルが立ちあがった。

「ぼくはそう思わないな。ぼくは……ぼくは部屋にもどる」

信じられない発言。あれほど自信たっぷりの青年が、シンプルに動揺《どうよう》させられたのだ。

アリアは一人で朝食を終え、シンプルはそのかたわらで、三本のスプーンを使って小声で遊びだした。スープ用の大きいスプーン二本は、パパ・スプーンとママ・スプーン。小さいコーヒースプーンは子ども。

「おまえは、ア・ホ。おまえ、いらない」パパ・スプーンが子どものスプーンに言う。

アリアはしばらくぼんやりむくれていたが、今はシンプルの遊びに耳をかたむけている。

「ママ・スプーンは、もうじき死にます。パパ・スプーンは、子どもを施設《しせつ》に入れます。それが運命だって」

シンプルは小さいスプーンを、残っているコーヒーのなかに入れた。

「助けて、おぼれる！　あっぷあっぷ、ぼく、おぼれる……。子どものスプーンはマリクロワで死ぬとこでしたが、弟が別の家に連れていきました……」

シンプルはテーブルの上で何かさがしている。そしてアリアのカフェオレボウルの横にあるスプーンに目をとめた。シンプルの親指と人さし指が、こびとの足のようにそちらへ向かっていく。それから上目づかいでアリアを見ると、とても小さな声で言った。

「ぼく、スプーンいります」

アリアがスプーンをわたすと、シンプルは大きくにっこり笑って言った。

「これ、弟」

「その弟が、施設《しせつ》に子どもをむかえにいったの？」

シンプルはうなずくと、本当にうれしそうな顔をしたので、アリアは思わず涙《なみだ》ぐんだ。

「ここにこられてうれしい？」

シンプルはもういちどうなずいた。

「大丈夫《だいじょうぶ》、たぶん生えてくる」とシンプル。

「え、何が？」

「アリアのおちんちん」

エンゾは早起きではない。それなのに今朝もまた、アリアとエマニュエルのいちゃつく気配で目がさめてしまった。ベッドでしばらくその様子を聞き、むこう側に寝《ね》がえりを打ち、それからこちら側へもどり、両手をあれこれ動かして少し読書をし、けっきょくひどく腹を立てて起きあがった。

エンゾには〈秘密の花園〉がある。それは小さなマス目の大きなノートで、何かあると、現実の世界からノートのなかの想像の世界へのがれていくというわけだ。そうやって、十五歳《さい》のときには詩をいくつか書いた。「最高！」とコランタンは言った。十七歳《さい》ではユーモア小説の短編をいくつか書いた。「天才！」とコランタンは言った。そして今は長編小説を書いている。だがそれについては、だれにも明かしていない。

十一時ごろ、エンゾはすきっ腹と頭痛をかかえて部屋を出た。二分の一章を書きたしたが、それはある少年の話で、壁《かべ》のむこう側にいる隣人《りんじん》たちの様子から想像をふくらませて、架空《かくう》の女性と愛しあうというものだ。

「おはよう、プーさん」リビングにいくと、シンプルがエンゾをむかえた。

「やあ、アホくん。おれ、ほんとはエンゾっていうんだ」

「ぼく、ほんとはシンプルっていうんだ」

「おお、うまい返しだ」

言いながらエンゾは、ソファにぐったりすわりこんだ。そしてシンプルがクッションの上に置いたがらくた一式を、手ではらいのけた。

「クレベール、死んじゃった？」とシンプル。

「起きてこないの？」

シンプルはうなずいた。

「死にかけてるだけだな」エンゾは安心させてやった。

そしてカーペットの上のフィギュアを一つ、つまんだ。

「それカウボーイ」

「だな。おれ、昔、軍曹《ぐんそう》のフィギュアを持ってたよ」エンゾが遠い目で言う。

「マンガのなかでは、あれが最強なんだ」

「ちがう。最強は保安官」とシンプル。

「いや、軍曹《ぐんそう》」

二人はにらみあった。シンプルは引かない。

「おまえ頑固《がんこ》だな。めんどくせえ」

「あーらら、いけない言葉」

エンゾはソファに頭をのけぞらせて、疲《つか》れた笑い声をもらした。

「ぼく、クレベール必要」

シンプルは不安げだ。エンゾは立ちあがった。ルームメイトにアホをまかせておくとは、弟はちょっと大胆《だいたん》すぎるんじゃないか。

「おいで。起こしにいこう」


クレベールはまだ寝《ね》ていた。久しぶりにぐっすり眠《ねむ》れたのだ。そのベッドにシンプルは飛びのって、クレベールをゆすった。クレベールはびっくりして起きあがると、メガネをさがした。エンゾが見えた。

「何時ですか？」

「十八時」エンゾが言った。

クレベールはナイトテーブルから腕時計《うでどけい》をつかんだ。実際には、もうじき十二時になるところだった。

「くそっ！」

「あーらら、いけない言葉」シンプルとエンゾが同時に言った。

それから二人はリビングにもどり、クレベールが身じたくを整えてからやってくるのを待った。ドアが開いた。だがそれはコランタンだった。

「またライター買いにいかなきゃ。持ってたやつ、どうしちゃったんだろ」

コランタンはエンゾに言った。そしてシンプルを見やった。

「大丈夫《だいじょうぶ》？　彼《かれ》」

「うん、おれを再教育してくれてる」とエンゾ。

それからエンゾは、シンプルの肩《かた》をポンとたたいた。

「再教育、しんどい仕事だよな？」

「うー」シンプルはうめいた。


したくのできたクレベールがやってくると、シンプルの相手は、エンゾからクレベールになった。いい天気だ。散歩にいこう。

階段の下までいくと、老人が片手で杖《つえ》のグリップをつかみ、もう片方の手を階段の手すりにのせて、立っていた。二人を待っていたようだ。

「またダストシュート〔各階にある投入口からごみを一階に落として集める設備〕をつまらせたな！　共同経営者に言うぞ。もう、うんざりだ！」と老人。

クレベールは何も言わずに、ただまゆを上げた。

「なんだ、また新入りか！　あの階にはいったい何人おるんだ？」老人はさらに腹を立てている。

クレベールは、ここはやり過ごしたほうがいいと判断した。なのにシンプルが、大きな声で言ってしまった。

「杖《つえ》持ってる、この人。もうじき死にます！」

クレベールは大笑いしそうになるのを必死でこらえて、兄を通りへ押《お》しだした。

「シンプル、みんなに買いものしていこうね。コーヒーとジュースがなくなっちゃったから」

「オレンジ」

シンプルにとって、ジュースといえばオレンジジュース、アイスはバニラ、パスタはケチャップ味。

「ぼくも、もうじき死ぬ？」シンプルが聞いた。

「まだ子どもだから平気」

「でももっと子どもになったら……」

クレベールはほほえんだ。

「シンプルはいつまでも子どもだよ。でも、いつかはみんな死ぬんだ。シンプルは、ずっとずっと先」

「12ぐらい先？」

「十二年よりずっと先」

「1000、20、B、100？」

「まあ、そんなとこ」

シンプルは、今聞いたことをよく考えてみた。

「じゃ、クレベールが死ぬのはいつ？」

「そんなのわからない。話題変えてもいいかな？」

シンプルは、大人がやっているように議論してみたかった。

「クレベール、女の子、知ってる？」

クレベールは、女の子のことはもっと知りたいと思っている。

「アリアのこと？　アリア、きれいだよね。その話？」

シンプルは答えなかった。弟は、どうも女の子に関する問題にくわしくはないようだ。

それから二人は、商店街のアーケードに入っていった。スーパーの入り口では、制帽《せいぼう》をかぶった警備員が仁王立ちして、ズボンの前で手を組んでいる。まるでそこを襲《おそ》われるのではないかと心配しているみたいに。

「軍人《ウンジン》さん」シンプルが指さした。

「人を指さしちゃだめ」

しばらくすると、シンプルの歩きかたがやけにゆっくりになった。ちょうど絵本がかざられている店の前だ。

「何も買わないよ」クレベールが予防線を張った。

シンプルは足を止め、目をみはった。

「何見てるの？」とクレベール。

シンプルは、あざやかなキャンディーピンクの絵本を指した。ウサギが二匹《ひき》、背中を合わせ、腕組《うでぐ》みをして、ふくれっ面をしているようだ。クレベールは小声で題名を読んだ。

「『ぼくのウサギは恋《こい》してる』」

たしかにウサギの一匹《ぴき》は女の子だ。シンプルはそのウサギに指を向けた。

「女の子のウサギ」

クレベールは兄のそでを引っぱったが、根が生えたように動かない。

「女の子のウサギ」

シンプルはとても重要なことのように、くり返した。

クレベールはため息をついて、パラパラと絵本をめくった。最後の絵は、愛情たっぷりに抱《だ》きあっている二匹《ひき》の姿だ。

「対象年齢《ねんれい》がちがうんじゃないかなあ」半分本気で、クレベールは言った。

シェアアパルトマンにもどると、シンプルはフロアの廊下《ろうか》をかけぬけた。

「パンパンくん！　ウサギの本！」

「見せて、見せて！」

シンプルは部屋のドアを閉めてから、ウサギのパンパンくんの前に絵本を置いた。

「『ぼくのウサギは恋《こい》してる』です」とシンプル。

パンパンくんはとびはねた。

「パンパンちゃんだ！　ほら、ほら！」

「恋《こい》してる」シンプルはパンパンくんをからかった。

パンパンくんは、表紙のパンパンちゃんにキスの雨を降らせた。

「愛しあう？」とシンプル。

シンプルとパンパンくんは顔を見あわせた。絵本の世界のウサギとでは、いったいどうすればいいのだろう？

そしてその日の夕方、下の階の老人がドアのチャイムを鳴らして、事態はややこしくなった。

「ヴィルドゥデューさん。奥《おく》さまもお元気で？」エンゾがよそゆきの声で玄関《げんかん》に出た。

「いいかげんにしろ！　またダストシュートをつまらせて。かさばるものは捨てちゃいかんと言っただろうが」すごい剣幕《けんまく》だ。

老人は、杖《つえ》をエンゾに向けながら入ってきた。本当は、杖《つえ》など必要ないとでも言いたそうだ。

「さっき、わしがもうじき死ぬと言ったやつはどこだ？　隠《かく》してもむだだ、ここにいるとわかっておる！」

老人はあたりを見まわした。

「共同経営者に話をする。おや、あの娘《こ》がいるな！」

それが彼《かれ》なりの、アリアへのあいさつだった。アリアがよく響《ひび》く声で話しながら、ちょうどリビングに入ってきたのだ。

「ああ、あいつだ！　警告したはずだ。わしにあやまるか、さもなければわしが共同経営者に苦情を言うか」老人はシンプルを見つけてどなった。

クレベールがあいだに入った。

「兄は知的障碍《しょうがい》があるんです。悪気はなかったんです」

「バカなのか！」ヴィルドゥデューさんは金切り声を出した。

「それならここにいる権利はないだろうが！　ここは高級アパルトマンなんだ。火をつけられたりしたらどうする！」

シンプルは目を丸くして老人を見た。どうしてライターを盗《と》ったことを知ってるんだろう？　ヴィルドゥデューというのは神の街という意味だ。その名前からも、なんだかおそろしく思えてくる。

「障碍者《しょうがいしゃ》と言ったはずです。バカじゃありません」強い調子でエンゾが言った。

「ア・ホ」小声でシンプルが言う。

「だいいち、あなたに関係ありません」アリアも言う。

「どうだかな、お嬢《じょう》さんよ。来週、共同経営者の会議があるから、そのとき必ず話すことにする」

階段まで出ると、ヴィルドゥデューさんはふり返って、このフロアに今いる男子の数をかぞえてみた。五人だ。男五人に、女の子一人か……。

「あの人やっつける！　ピトスルい持ってる！」

老人がいなくなると、シンプルはさけんだ。そしてポケットからいつものスタート用ピストルを出した。アリアもコランタンもエンゾもとびあがった。

「いや待て、それ、どこから持ってきた?」エンゾが聞く。

「『よーいどん!』のピストルです。危険はないです」クレベールが、きまり悪そうに答えた。

エンゾがシンプルに手を差しだした。

「見せろ」

「後で返して」

エンゾは手に取ってよく調べ、プロのような顔つきで、アリアをねらうまねをした。かなり長いあいだ。手の先にはピストル――。

「それ、大丈夫《だいじょうぶ》なわけね?」アリアがいらつきながら言った。

エンゾの喉《のど》もとには、こんな言葉がつきあげてきていた。

〈いいか、今にきみをつかまえる!〉

だがそのまま手を下ろした。そうは思っても、いったいどうすればいいのだろう?

4 パンパンくん、ミサにいって帰るのを忘れる

日曜の朝。コランタンは、シンプルとクレベールがよそゆきの格好をしているのを見て、おどろいた。

「そんなにおしゃれして、どこいくの？」

「ミサです。日曜日の朝は、いつも教会にいってるから」

「ミサ？　まだやってるんだ」

コランタンはなんとなく、今ではミサにいく習慣など、すっかりすたれたように思っていたのだった。


シンプルは階段まで出たところで、どうしてもいかなきゃいけないのかと聞いた。

「どうしても」クレベールが答えた。

「長い？」

「一時間」

「一時間って、12ぐらい？」

「一時間は一時間」

日曜の朝、クレベールは口数が少ない。

二人はけっきょくミサの時間に遅《おく》れて、いちばん後ろの席にすべりこんだ。何分かのあいだ、シンプルは何回か適当に「アーメン」などとつぶやいた。

そのとき、さらに遅《おく》れて二人連れがやってきた。杖《つえ》を手にした老人と、かなり年下でぽっちゃりした奥《おく》さんらしき人だ。

「ほら、どんどん前にいって」

奥《おく》さんは、列に並びながらも容赦《ようしゃ》なく高齢《こうれい》の夫を押《お》して、小声できびしく言っている。

シンプルは背伸《せの》びをしてその様子を眺《なが》めると、クレベールに言った。

「デューさん」

ヴィルドゥデュー《神》という名前を、勝手に呼びやすく縮めたのだ。クレベールは、にっこりしてうなずいた。ヴィルドゥデュー夫妻は彼《かれ》らの前の列にすわったが、老人は通りすがりに二人に気づくと、おどろいたような、怒《おこ》ったような目を向けた——こんなところで、あのおバカは何をしてるんだ？　だいいち、いつから若いもんがミサにくるようになった？

「長いー」シンプルがため息をついた。

「まだ始まったばかりじゃないか」

「絵、見にいっていい？」

シンプルは、暗い色合いで威厳《いげん》あるたたずまいの絵を指さした。キリストが、十字架《じゅうじか》から降ろされる場面の絵だ。シンプルは同じことを三回聞き、クレベールは三回めにこう言った。

「じゃあいけよ、ウザいなあ」

「あーらら……」

「わかってる、後で神さまのおゆるしをもらうから。さっさといってこい」

ヴィルドゥデューさんがふり返り、うるさいぞという顔で二人をにらんだ。それから例のおバカを目で追った。シンプルははしの通路のほうへ向かうと、絵画の前で立ちどまり、十字架《じゅうじか》から降ろされたキリストの体を長いあいだ鑑賞《かんしょう》した。両手両足に打ちつけられた釘《くぎ》のあと、脇腹《わきばら》を槍《やり》で一突《つ》きされた穴、いばらの冠《かんむり》からいく筋も流れている血。シンプルは、うっとりしながらつぶやいた。

「くそすごい」

それから懺悔《ざんげ》をする小部屋に向かった。以前から、この木造の小屋が気になっていたのだ。そしてカーテンのむこうに顔をつっこんだ。

「だれもいない」小声でシンプルはつぶやいた。

それからなかに入ると、懺悔《ざんげ》する人がひざまずく小さな段に腰《こし》かけて、ポケットからウサギのパンパンくんを取りだした。

「ふーっ、ミサって長いね！　ここ、どこ？」

パンパンくんは周囲をぐるりと見まわすと、大喜びでさけんだ。

「洞窟《どうくつ》だ！　遊ぼう」

ところが何分かたったところで、教会の丸天井のすぐ下からパイプオルガンが響《ひび》きだし、シンプルはとつぜん、クレベールが今どんな顔をしているのか気になりだした。

「待ってて、パンパンくん。ちょっとミサしてから、またもどってくる」

「ここ、取っとくね」

パンパンくんは、退屈《たいくつ》なミサにもどらなくてすむとわかって、うきうきしながら言った。

クレベールはシンプルがとなりにもどってくると、やはりものすごく不機嫌《ふきげん》な顔をした。

「こんなふうにいなくなっちゃだめ！　どこいってたの？」

「洞窟《どうくつ》」

クレベールは肩《かた》をすくめ、これ以上この席を離《はな》れてはいけないとシンプルに命じた。なので、いつまでも続くかのようなミサが終わったとき、シンプルはこのうえなく幸せな気持ちになった。そして満足げにこう言ったのだ。

「長くなかった」

最後の十五分は、前の席の下のほうにあるひざまずき台を蹴《け》りつづけていたのだけれど。

午後、クレベールはこの解放感と自由を思いきり味わおうと考えて、シンプルとセーヌ川の遊覧船《バトー・ムーシュ》に乗り、シンプルが川に飛びこもうとするのを三度阻止《そし》した後、サン・ルイ島の大人気アイスクリーム店にいった。店のスタッフは、シンプルに聞かれてすべてのフレーバーの名前を唱《とな》えた。

「パッションフルーツ、グアバ、ハチミツヌガー、カプチーノ……」

シンプルは、ダブルで注文した。でもそのフレーバーは……。

「バニラとバニラ！」

その夜、シンプルとクレベールはシェアアパルトマンに帰って、二人きりで夕食を食べた。あとは全員、外出中。

クレベールは部屋にもどると、目ざまし時計を朝七時にセットして、かばんの準備をした。鉛筆《えんぴつ》、身分証明書、手帳。しだいに、胃のあたりがきゅっとしめつけられてくる。そのとき、ドアをノックする音がした。

「シンプル、まだ寝《ね》てなかったの？」

シンプルは、ただうなずいた。

「パンパンくん、帰ってきてない」

「え？」

「いつ帰ってくるの、パンパンくん？」

「おい、まさか……」

クレベールは血の気が引いていくのを感じた。

「なくしたの？　パンパン」

「パンパンくん」シンプルが言いなおす。

「すぐ帰ってきてほしい」

クレベールは、何が起きたのか考えるのにしばらくかかった。そして午後のあいだじゅう、いちどもウサギの姿は見なかったと思い出した。

「よくさがした？　部屋のごちゃごちゃのどこかにいない？」

「ミサにはいた」

「ミサに……」

クレベールは思わず「ああ神さま」とつぶやいた。この状況《じょうきょう》に、なんとぴったりなつぶやきだろう。

「で、どこ？　ミサのどこにいたの？」クレベールは大声になっていた。

「小屋のなか」

クレベールは集中して考えようと、手を額に当てた――小屋？

「懺悔室《ざんげ》！　あそこに置いてきたんだね？　そう？」

続いて、またつぶやいた。「ああ、くそ」

シンプルも今は「いけない言葉」を指摘《してき》するどころではなかった。ほとんどパニックだ。

「なんで帰ってこないの？」

クレベールが爆発《ばくはつ》した。

「ああ、そう、なんでかな！　自分がいないとシンプルが寝《ね》られないって知ってるからかな！」

「パンパンくん、やさしくない」シンプルがぽつんと言う。

クレベールは部屋じゅうを歩きまわりながら、「どうしたらいい？　ぼくは、どうしたら？」とつぶやいている。

たとえ子どもがぬいぐるみを忘れていったとしても、夜になれば教会は閉まる。シンプルはパンパンくんなしで過ごさなければならないだろう。

「明日見にいこう。ぼくが教会にいく。だから今夜は……」

クレベールはそこで口をつぐんだ。シンプルの目の表情が、あまりにつらい。

「カウボーイと寝《ね》ればいいよ」クレベールはようやく言いおえた。

だがシンプルの目には、とうとう涙《なみだ》があふれ、頬《ほお》を流れていった。

「帰ってきてほしい」

「残念だけど、無理なんだ。あれは本物のウサギじゃないんだから。本物の足がないから歩けない。ぬいぐるみなんだから！」

クレベールは、最後はさけんでいた。シンプルの悲しみに、いたたまれない気持ちだった。シンプルは両手で耳をふさいで、自分の部屋にかけこんだ。クレベールは落ちつこうと、自分の指をかんだ――ぬいぐるみ一つでこんなふうになるなんて、ばかげてるじゃないか。

でも目に手をやって、気がついた。自分も泣いている、と――なんてこった。

コンコン。またドアにノックの音。クレベールは鼻をすすった。

「はい？」

エンゾだった。

「やあ……何かあった？」

クレベールは答えることもできずに、目をみはった。エンゾの手に、そこに、まさにそこに、パンパンくんがいるではないか！

「どこで見つけたの？」

「いやあ、それが不思議でさ。このフロアの玄関《げんかん》の前にいたんだよ」

「玄関《げんかん》の前？」

「そう。なんか、インターホンに手が届かなくて鳴らせない、みたいな感じで」

エンゾは真顔だ。たしかに、ぬいぐるみは玄関《げんかん》マットの上にいたのだ。

クレベールは、「いたよ！」とさけびながらシンプルの部屋に入ろうとした。だがそこでまわれ右をして、まずエンゾの手からパンパンくんを取ると、シンプルの部屋のドアをノックした。

「あっちいけ！　いじわる！」とシンプル。

クレベールはドアを少しだけ開けると、ウサギの頭をのぞかせた。

「ヤッホー！」

パンパンくんが、両耳をパタパタさせながら言った。

「帰ってきた！」

壁《かべ》の片すみで縮こまっていたシンプルが、はじかれたようにぬいぐるみにとびつき、抱《だ》きしめた。その様子は幸福そのもののイメージとして、クレベールの心の奥《おく》に焼きついた。

今夜はこのやさしくあたたかなイメージとともに、眠《ねむ》りにつくことができるだろう。

ドアがもういちど閉まると、シンプルはパンパンくんを枕《まくら》の上にすわらせた。

「なんでミサに残ったの？」ちょっと声にトゲがある。

「夜を見ようと思って」ウサギのパンパンくんは見栄《みえ》を張った。

「どんなだった？」

「すごく暗かった」

「おばけもいた？」

「ちょっといた」

パンパンくんは、なんと勇敢《ゆうかん》なのだろう。

「でも、もう夜はどこにもいかない？」

「もうぜったいいかない」パンパンくんは約束した。

「で、ぼくのこと、もう小屋に置きざりにしない？」

シンプルはうなずいた。シンプルもパンパンくんも、本当に怖《こわ》かったのだ。パンパンくんのいないシンプルは、シンプルのいないパンパンくんみたいなものだから。この世の終わりだから。

その晩、シンプルはぐっすり眠《ねむ》ったが、クレベールはなかなか寝《ね》つけなかった。新年度の始まりを明日にひかえていたからなのか、それとも、自分で歩いて帰ってきたパンパンくんの姿が、頭から離《はな》れなかったからなのか。

次の日の朝、クレベールは、シンプルを置いて学校にいく準備を整えた。ゆうべのことがあってから、パンパンくんは、じつはそれなりに自立しているんだとわかったが、それでもやっぱりシンプルの相手をしていてほしいと願った。

キッチンにいくと、エンゾがいた。

「早起きだね」と、クレベール。

「好きで起きたわけじゃない」

「ぼくは高校にいってくる。新学年だ」

エンゾはリアクションなし。そしてただコーヒーを飲んだ。

「今朝はここにいるの？」クレベールはエンゾにきいた。

「どこにいてほしい？」

「あの、もしよかったら……何もないとは思うけど……でもよかったら、兄のこと見ててもらえますか？」

「ここに『ベビーシッター』って書いてないよな」エンゾは自分の額を指した。

クレベールは口をつぐんだ。ルームメイトたちに助けを求めようとしたのがまちがいだった。そんなことをしたら、反感を買ってしまいかねない。

ないんだ。

「いいよ」おもむろにエンゾが口を開いた。

「見といてやるよ、きみのアホ兄さんのこと」

このとき、クレベールは理解した――エンゾはいいやつだ。でも人にそれを知られたくないんだ。

エンゾは自分の部屋にもどると、書きかけの章を進めようとした。だが頭のなかではアリアの姿を追っている。朝食を食べ、買いもののリストを作り、リップグロスをぬって、エマニュエルにキスされるアリア――。

エンゾは、エマニュエルを自分にかえて想像し、くちびるにこぶしを押《お》しあててみた。

「うまくいかねー」

小声で言うと、のびをして、気分転換《てんかん》にアホくんと話してこようと決めた。

シンプルは、リビングにいた。ひじかけ椅子《いす》とソファのあいだの、カーペットの上で遊ぶのが好きなのだ。そこにフィギュアの宇宙飛行士たちを勢ぞろいさせている。その正面には、時代も国も混ぜこぜの軍隊とカウボーイ、先住民、ナポレオン軍の兵士などがいた。

シンプルは寝《ね》そべったまま、エンゾのほうに顔を上げると、にっこり笑った。

「戦争です！」

エンゾはひじかけ椅子《いす》にぐったりすわりこんだ。

「だれが勝ってる？」

「時代軍」シンプルは混ぜこぜの軍隊を指した。

「相手側は何軍？」

「マリクロワ軍」

シンプルは膝《ひざ》をつくと、エンゾのほうに近寄って打ちあけた。

「マリクロワをやっつける」

「勇ましいんだな、きみ」

「きみは？」とシンプル。

「おれ？　おれはみんな怖《こわ》い。女の子も怖《こわ》い」

シンプルはエンゾをじっと見た――この人は女の子のこと知ってる？

そこで膝《ひざ》をついたまま、もう少しエンゾに近寄ると、ささやくような小声で言った。

「女の子って、おちんちんがない」

エンゾは一瞬《いっしゅん》あぜんとした。雷《かみなり》にでも打たれたようだ。

「……ほんとに？」

シンプルはうなずいた。

「すっぱだかのアリアを見た」

エンゾは身震《みぶる》いした。

「そう？　どこで？」

「シャワーのとこ」

「ああ、ドアを……」

言いおえることもできずに、エンゾは「おおおお」と声をもらした。シンプルが、新たな展望を開いてくれたのだ。

「エンゾ！」アリアの声がした。

エンゾは「しーっ！」とシンプルに合図し、目くばせしてから返事をした。

「リビングだよ！」

アリアがやってきた。太ももあらわなマイクロミニに、ひもがほどけたままのスニーカー、なかば乱れた髪《かみ》。それが男子をどういう気持ちにさせるか、まったく気にかけていない。それでもエンゾが自分を見たとたん、息をのんだのがわかった。だがアリアにとって、エンゾはコドモでしかない。しかも弟の幼なじみ。

「今朝は買いものにいくひまがないの。わたしの番なのに……」

アリアは困った様子で、くちびるをとがらせた。エンゾは口をぽかんと開けたまま、まだ彼女《かのじょ》を見つめている。

「チョコ・ペーストとイタリアのチーズ、買ってきてくれない？　チョコ・ペーストはあなたがスプーンで、じか食いしてるから」

「イタリアのチーズ？」

アリアは笑ったふりをした。

「いける？　いけない？」

「いけない」

「やること山積み？」

「そう」

この間《かん》、シンプルはテニスの試合でも見ているように、アリアとエンゾをかわるがわる見ていた。それからふと、これはちょっとしたことを聞くのにいいチャンスだと考えて、言ってみた。

「愛しあうって、楽しい？」

エンゾもアリアも、どっと笑った。そしてすぐに、どぎまぎした。エンゾは、こもったような声でアリアに言った。

「いけよ。きみのいい人がお待ちかねだろ」

アリアは頬《ほお》を赤らめ、部屋を出ていきながら呼びかけた。

「エマニュエル、したくできた？」

医学生二人はシェアアパルトマンを後にし、エンゾは小さなマス目の大きなノートを取りに部屋へいった。小説の続きを毎日書こうと決めているのだが、アホと過ごすことが、小説のユニークな素材になりそうな気がしている。

リビングにもどると、シンプルは一人で遊びを再開していた。

「時代軍はすっごく強くて、マリクロワ軍を一人捕虜《ほりょ》にします」

すっごく強い時代軍は、馬に乗ったフランスの英雄《えいゆう》らしきフィギュアが代表していて、シンプルがその馬をカーペットの上で全力疾走《しっそう》させている。パカッパカッパカッ。

エンゾはノートに目をやった。これは、あるアホの物語にしよう。愛というものを知る一人のアホの物語に……。

それから一時間、エンゾは全力疾走《しっそう》するように書きつづけた。

「いっぱい書いてる」ふと、すぐそばで声がした。

あいかわらず膝《ひざ》立ちのまま、シンプルが椅子《いす》のひじかけにひじをついて、エンゾのペンが走りつづけるのを眺《なが》めている。エンゾはシンプルのほうに頭を寄せて、額と額をそっとつけた。

「ゴッツンこ」シンプルがはしゃいだ。

「おれとおまえ、友だちだな？」エンゾがささやいた。

「うん」シンプルがささやき返した。

クレベールは教室にいた。だが集中しようとしても、気がつくとうわの空になっている――シンプルがさわぎを起こしていませんように！　もしエンゾを怒《おこ》らせてたら？

「欠席については、特にきちんとしてください。毎回、その理由を説明すること」担任の物理の先生が言っている。

〈理由は自分で考えればいいいな。親と住んでないんだから、いくらでも話は作れる〉とクレベールは思った。だが時間割を見たときには、思わず顔をしかめた。毎週月曜と火曜は、帰りが十八時になってしまう。

先生はなおも話を続けた後、生徒の名前を一人ずつ呼んで、生年月日と選択《せんたく》科目を聞いていった。

クレベールの右側にすわっている女子は、まだ十七歳《さい》になっておらず、選択《せんたく》はギリシャ語だと言った。ザハという名前。その横顔を、クレベールは鉛筆《えんぴつ》でなぞっていくように見つめた。なだらかに丸い額、ややわし鼻風の鼻、暗い色のくちびる、きりりとした感じのあご。中近東のどのあたりがルーツなのだろう？　クレベールはハーレムや奴隷《どれい》市場を思いうかべていた。

「マリュリくん？　クレベール・マリュリ？　欠席ですか？」先生が呼んでいる。

「いえ、はい、じゃなくて、います！」クレベールは現実に引きもどされた。

教室じゅうが笑っている。ザハもこちらを向いた。澄《す》んだグレーの瞳《ひとみ》。だがみんなのように笑ってはいない。ただふっくらしたくちびるが、花開くようにほほえんだ。

授業が終わると、クレベールはもう一人の女子に目が吸いよせられた。ぴちぴちした頬《ほお》で、豊かな赤毛を暑そうに両手でかきあげている。クレベールは思わず彼女《かのじょ》に触《ふ》れたくなったが、視線で触《ふ》れるだけでがまんした。そのとき、シンプルの声がよみがえった――クレベール、女の子、知ってる？

いや、知らない。早く知りたい。赤毛の女の子の名前も知りたいし、ザハがどこの出身かも知りたい。二人の電話番号も知りたい。それからデートの約束をしたい。なのに！

クレベールは考える間もなく、カルディナル・ルモワーヌ通りのシェアアパルトマンへと走りだした。

建物に着くと、だれかがちょうどエレベーターに乗ろうとしているところだった。そして扉《とびら》を開け、こちらをふり向いた。

「おや、きみかい。どうしてるかな、お宅のおバカは？」ヴィルドゥデューさんだった。

〈バカはそっち〉と答えたいのを、クレベールはこらえた。

「あの小汚《こぎたな》いぬいぐるみを取りもどせて、喜んどるだろう」

「どうしてそれを？」

ヴィルドゥデューさんが話しだした。懺悔室《ざんげ》でシンプルが遊んでいるのを見たこと。ミサの後、ヴィルドゥデュー夫人が、有名な十九世紀の修道女の像にロウソクをささげたがったこと。その像が懺悔室《ざんげ》のすぐそばにあって、そこからウサギの耳が出ているのに気がついたこと。

「帰ってきたのはもう遅《おそ》かったから、あんたがたの迷惑《めいわく》にならんように、玄関《げんかん》のところへ置いといたってわけだ」

クレベールはくり返しお礼を言いながらも、少しがっかりしていた。パンパンくんが帰ってきたなぞが、こんなにありきたりな話だったとは。

クレベールは自分たちのフロアへ、不安でしだいに胸をしめつけられながら入っていった。シンプルは部屋で一人ぼっちだろうと思ったからだ。ところが、ちがった。

「シンプル？」

シンプルはリビングで、エンゾとフィギュアの馬で遊んでいるところだった。

「数、かぞえられるようになった！」シンプルが大声で言った。

「1、2、3、4、B、12！」

「うん、進歩してる」すっかり疲《つか》れた様子で、エンゾが言った。

この日の夜、カルディナル・ルモワーヌ通りの若者たちは、それぞれに夢を見ていた。クレベールは、ザハと赤毛の女の子の夢を同じぐらいずつ。シンプルは、もういちどマリクロワ軍に勝つところを。パンパンくんは、パンパンちゃんに出会うところを。

そしてエンゾは、朝になるのを待っていた。

ふと、となりの部屋で、だれかが起きだした気配がした。エマニュエルはハト時計のハトのように規則正しいのだ。

「七時だな」エンゾはため息まじりに言った。

だがそれから、しかめ面にさっと楽しげな笑みが浮《う》かんだ。エンゾは起きあがって服を着て……でも最小限にとどめておいた。Tシャツにトランクスだけ。それから衣装戸棚《とだな》の鏡を見て、髪《かみ》を整え……でもその整えかたも、最小限。それからあぐらを組んですわり、さらに時間をつぶし、となりの部屋のドアが開いた音が聞こえると、足音をしのばせて、まず自分の部屋のドアまでいった。先にアリアに動いてもらわなければならないのだ。

エンゾは頭のなかで、アリアの動きを追う――服をぬぎ、バスタブに湯を張り、入る。

「さあいけ！」エンゾは気合いを入れた。

そして廊下《ろうか》を進むと、バスルームの前に立った。だがそこで、これから本気でしようとしていることが、急に怖《こわ》くなった。

ドアのむこうで、湯の流れる音がする。エンゾは、シャワーを浴びているアリアを思いえがく。そしてドアを開けた。

「あ、失礼……」

そこにいたのは、エマニュエルだった。

5 パンパンくん、パーティーではしゃぎすぎて手術台にのる

「ライターが見つからないんだ」

コランタンが、エンゾの正面にすわって言った。

「また？」

「キッチンに置いてってたと思うんだけど……」

コランタンは、エンゾが何か嫌《いや》がらせをしたのではないかと疑っていたのだが、すぐに話題を変えた。

「で、けっきょくやってくれるの？　例のパーティー」

「『ホムパ』って言わないと。おしゃれな感じにするにはさ」と、エンゾ。

「『ホムパ』なんて、ぼくらが使う言葉じゃないよ。で、答えは……？」

「飲む口実になるよな。でもだれを呼ぶ？」

エンゾはあたりを見まわした。おれの人生は砂漠《さばく》だ、と言わんばかりに。一方コランタンは、背中を押《お》してもらうきっかけを待っていたのだ。

「ちょっと考えてみたんだけど……」

実際コランタンはすでに招待客のリストを作っており、それをポケットから取りだした。

「ユベールとジャン＝ポールは呼ばなきゃな。フレッドはアリアの友だちだけど、まあ許容範囲《はんい》。あと、いとこのアレクシスがロンドンから帰ってきて……」

「おい、ちょっと」エンゾがさえぎった。

「なんだよ、そのリスト？」

エンゾはコランタンの手から、紙切れをうばいとった。

「女の子が一人もいないじゃないか！」絶望的なさけび声を上げる。

「だれのせいだよ？」今度はコランタンがさけぶ。

「ディスコにいくのはバカなやつ、街でナンパするのもバカなやつ、他人のオンナに声をかけるのもバカなやつ」

「まだオンナなんて言ってるのかよ？」

「話をそらすな。ぼくは一年で四キロ太ったんだ。女の子に縁《えん》がないから。そのストレスで、どか食いしてさ」

「太ったのはたしかだな。もっとタバコ吸えば？」

二人はにらみあった。おたがい大好きなのに、このところどんどん相手がいやになってきている。

「ねえエンゾ、ぼくも姉貴がきみを選べばいいのにって思うよ。でも現実はあのとおりだ。

だからって、ひねくれててもしょうがないだろ？」

コランタンは、今や事情がよくわかっている。エンゾは姉のアリアに夢中になってしまったのだ。

「よし、女の子を見つけるんだ。さもなきゃ悲劇だぜ」エンゾが言った。

コランタンは二十一歳《さい》になったばかりだ。

「じゃあコドモにたのんでみる？」

「コドモ？　クレベール？」

「クラスにまずまずの女の子たちがいるんだって」

「おい待てよ、コドモに女の子たちをさそえってたのむのか？」とエンゾ。

「じゃあ、ほかに手は？」とコランタン。

エンゾは一瞬《いっしゅん》、宙を見つめた。

「ない」


クレベールは、コランタンから誕生日パーティーに呼ばれて、うれしそうだった。そこでコランタンは、すかさず恩着せがましく言った。

「女の子の友だち、何人か連れてこられるよね」

「うん、ありがとう！　二人でもいい？」クレベールはますます喜んだ。

「好きなだけいいから」

それから一週間、クレベールは女の子たちにアプローチする任務を進めていった。赤毛の女の子の名前はベアトリス。男子たちのお腹《なか》にパンチを浴びせ、下品な言葉づかいをし、いつも暑がっている。ザハはレバノン人。授業では、最後の最後までノートに何か書いている。

〈どっちにも可能性がありそう〉とクレベールは感じた。そこで二人にシェアアパルトマンの話をし、ルームメイトたちがそれぞれどんな人かも話して笑わせた。シンプルのことには触《ふ》れなかった。そして最後に、コランタンの誕生日パーティーに招待した。

「着ていくトップス、決めなくちゃ」とベアトリス。

「父に話してみなくちゃ」とザハ。

そうしてけっきょく、二人ともくることになったのだ。


パーティーは、土曜の夜に開かれることになった。そして当日の朝から、アリアはキッチンで準備を始めた。

「えーっと」小声で計画をまとめてみる。

「生野菜のサラダをマヨネーズ添《ぞ》えで、ケークサレ〔塩味のお総菜風ケーキ〕、デザートにはイチゴのショートケーキ《フレジエ》……」

「ロウソクは？」

とつぜん声がしてアリアはぎょっとした。エンゾがきたことに気づいていなかったのだ。

「髪《かみ》、はねてるよ」とエンゾ。

アリアはまだパジャマ姿で、顔も洗っていなければ髪《かみ》も整えていない。

「好きにさせて」

アリアはエンゾに背中を向けると、調理用ボウルに卵を一つ割った。エンゾは音を立てずにアリアに近づき、耳にそっとささやいた。

「それより、ぼくの好きにさせてくれない？　きみを」

アリアはくるりとふり向くと、エンゾを押《お》しもどした。

「そこまで」

「そこまで？　何が？」

「わたしはエマニュエルを愛してて、彼《かれ》はわたしを愛してるの」

「それはよかった」エンゾの声はかすれている。

「わたしの気持ちを変えさせようとするのは、やめて。困ったことになるわよ」

「エマニュエルと？」

アリアは静かに、だがきっぱりと言った。

「出ていって」

エンゾは引きさがった。そしてそのまま自分の部屋までいくと、ドアを閉め、壁《かべ》に頭を打ちつけた。自分を許せなかったのだ。

「くそっ、なんて腰抜《こしぬ》けだ！」

あんなことなど言わずに、だまってアリアを抱《だ》きしめて、有無を言わさずチャンスを作るべきだったのだ――すすり泣きながら、エンゾは頭からつま先までふるえた。

「くそっ、いてえ」

エンゾは額をすりむいていた。だが痛むのはそこだけではなかった。


一方、クレベールは気をもんでいた。ザハとベアトリスがパーティーにきてくれることになったのに、シンプルのことをまだ話していない。

そのシンプルに目をやると、自分の部屋の床《ゆか》にフィギュアの軍隊を並べおわったところだ。大昔の民族と、ナポレオンの連合軍になっている。

「時代がごちゃ混ぜ」クレベールはそっけなく言った。

「この軍隊が、いちばん強い」

シンプルは大昔のフランスの、英雄《えいゆう》のフィギュアをふりまわしながら、そう答えた。

クレベールは思わずほほえんだ。

「ねえシンプル、今夜はみんなのところに、友だちが……」

「うん！　ネクタイ、する！」

「いや、そうじゃなくて、シンプルは気にしなくていいんだ。この部屋にいればいい。ぼくがお菓子《かし》を持ってくるから」

シンプルの顔が暗くなった。何かあると感じていたのだ。朝から自分だけがのけ者にされているようだった。キッチンでは料理の準備が進んでいて、エンゾはダンスをする空間を作るためにリビングの家具をどけ、コランタンはすべての部屋をまわってCDをさがしていた。クレベールは持っているTシャツを全部着てみていたし、アリアは花をかざり、エマニュエルはラム酒をマンゴージュースなどで割ったプラントゥールというお酒《カクテル》を作っていた。フロアじゅうが、なんだかうきうきした雰囲気《ふんいき》なのに、シンプルだけ何もすることがなくて、みんなの足手まといになっていたのだ。

ウサギのパンパンくんはといえば、そこらじゅうをはねまわっていた。CDの山の上とか、生野菜サラダのお皿のあたりとか（ニンジンがあったからだろう、たぶん）。そしてとうとうクレベールにつかまって、シンプルめがけて投げつけられた。

「もう、しまっとけよ、こいつは！」

それでシンプルは、自分の部屋に閉じこもったのだった。パンパンくんはひどく怒《おこ》っている。

「クレベールなんか大きらい」

「パーティーにきてほしくないんだよ」

シンプルは目に涙《なみだ》を浮《う》かべながら、パンパンくんに説明した。

「ニンジン、全部食べちゃうんだろうな」とパンパンくん。

「お菓子《かし》も食べられない」とシンプル。

「〈プラントゥール〉も飲めない」とパンパンくん。

パンパンくんは、あのきれいな飲みものの名前を覚えていた。

「ぼく、ダンスしたい」シンプルが言った。

「できないじゃん。ぼくはできるよ。でもパンパンちゃんがいないとなあ」

二人はだまりこむと、それぞれの悲しみをふたたびかみしめた。と、シンプルの顔が急にかがやいて、手のひらでポンと額をたたいた。どうしてもっと早く思いつかなかったのだろう？

「シンデレラ！」

王子さまに変装して、パーティーに出ていけばいいではないか。

そうと決まると、シンプルとパンパンくんの行動は速かった。まずキッチンにしのびこんで、大きななべのふたを取る。王子さまの盾《たて》のかわりだ。冠《かんむり》はシンプルのおもちゃのなかに新年を祝うケーキを食べたときにもらったものがあるし、怪傑《かいけつ》ゾロのマントもある。パンパンくんも、お城のダンスパーティーにパンパンちゃんが招待されている場合にそなえて、ネクタイをしめた。

二十時ごろ、招待客たちが到着《とうちゃく》しはじめた。ユベールとジャン＝ポールはワインとともに。いとこのアレクシスはガールフレンドとともに。ベアトリスとザハはいっしょにやってきた。ベアトリスはじつに短いトップスを着ていて、おへそにピアスをしているのが見える。

〈なんか、小悪魔《こあくま》っぽい〉とクレベールは思った。

ザハのほうはアシンメトリーのブラックドレスで、肩《かた》をあらわにしている。

〈なんか、夜の女っぽい〉とクレベールは思った。

そして二人を情熱的に喜ばせたい思いでいっぱいになったが、なんとか理性を保とうと努めた。

アリアは医学部の同級生を二人呼んでいたが、どちらもあきらかに自分と競合する恐《おそ》れのない女子。

「どこから連れてきたんだよ」

料理をのせたテーブルの横で、すでにたらふく食べたコランタンが、そう嘆《なげ》いた。

「でもクレベールは努力したよな。レバノン人、なかなか」エンゾがプラントゥールを取りながら応じる。

「え、そう？　ぼくは赤毛の子のほうがいい」

「あとはもういないな、かわいい子は」

こんなふうに、二人はあまり感心しないひそひそ話をしていたので、エマニュエルとしては、知的なところを見せるチャンスだった。ところが用意したカクテルが半分になったころ、みんなはもう女の子たちのそばで盛りあがっていたのだ。女の子たちはたいした理由もなく笑いだし、ベアトリスは両手で髪《かみ》をうなじから持ちあげては聞く。

「みんな暑くないの？」

ダンスをしたがっている人たちのために、コランタンが音楽をかけた。男子たちは身も心も熱くなっている。

「次はウオッカにしようぜ」エンゾが提案した。

エンゾは酔《よ》っぱらいたかった。そうしたら、エマニュエルと殴《なぐ》りあう勇気もわくかもしれない。だがすでにプラントゥールの酔《よ》いで、目がすわり、ろれつがあやしくなっている。

そんななか、着々《ちゃくちゃく》と目標に向かって進んでいたのは、コドモのクレベールだった。女の子たちにプラントゥールを飲ませたのも、じつは彼《かれ》だ。ベアトリスをぎゅっと抱《だ》きしめたくてたまらない。なにしろウエストのくびれが、あまりに魅力的《みりょく》。

「スローな曲、ない？」クレベールはコランタンに聞いた。

ところがベアトリスをさそおうとしたとたん、気おくれして、なぜか医学部の女子のほうをさそってしまった。部屋に入ってきたとき、〈なんだこりゃ〉と思った女の子だ。

女子学生は頬《ほお》を赤らめ、うなずいた。クレベールは、はっきり言ってイケメンなのだ。丸メガネに、ちょっとニヒルなほほえみが似合う。

一方コランタンは、思いきってベアトリスにスローダンスを申しこんだ。だれにも声をかけられなかったザハは、まっすぐ生野菜サラダのところに向かった。ボディーラインを保つには、これがいちばん。

エンゾはきびしく自分を律していたのに、コランタンが女の子とおどっているのを見て頭にきた。それで、もうだれでもいいやと決心し、クレベールとおどりおわったばかりの女子学生に次のスローダンスを申しこんだ。女子学生は、人生で初めてのモテぶりだ。

ところで、だれも気づいていなかったのだが、十分前から、王子さまに変装したシンプルが部屋にきていた。なべのふたを持ち、厚紙製の冠《かんむり》をかぶり、怪傑《かいけつ》ゾロのマントをはおっている。

音楽、グラスが触《ふ》れあう音、おしゃれをしてきた女の子たち――シンプルは、すばらしいパーティーにやってきたんだという気持ちでいっぱいになった。でもみんな、大事な人物を忘れているではないか。

「じゃーん！　王子さまがきました！」シンプルが言った。

飲みものを口にしていたクレベールは、あやうく息ができなくなりそうになった。女の子をどうやって口説くかばかりを考えていて、シンプルのことはすっかり忘れていたのだ。

一気にその場が静まりかえり、全員がシンプルを見つめた。シンプルはパンパンくんのネクタイを片手でつかんでぶら下げている。

「お姫《ひめ》さまは、どこ？」シンプルが聞いた。

エマニュエルが急いでクレベールのところへやってきて、すぐ薬を飲ませるようにと言った。クレベールはぼうぜんとしたままシンプルに近づくと、そでをつかんだ。

「いこう、お菓子《かし》をあげるの忘れてた」

それからみんなのほうをふり返った。とりわけザハのほうを。

「ぼくの兄なんだ。知的障碍《しょうがい》がある」

「ア・ホ」とシンプル。

あまりに思いがけないことだったので、だれもが固まってしまって動かない。もはや『シンデレラ』ではなく、これでは『眠《ねむ》れる森の美女』だろう。

「さてと、今夜は一晩じゅう続くパーティーってわけでもないし」とつぜん、エンゾが言った。

「シンプルは、とってもいいやつなんだ。まさに今夜の王子さまだな。おれはそれでオッケー」

エンゾは大きなカクテルグラスをシンプルにわたすと、小声でクレベールに言った。

「まかせろ。おれがなんとかする」

そしてシンプルをリビングのすみに引っぱっていったのだが、通りすがりにアリアと目が合った。その目におどろきの色が浮《う》かんでいる。

〈おれって人間を知らなかっただろ、アリア〉

いや、アリアが知らなくてもしかたない。エンゾ本人だって知らなかったのだから。

シンプルは床《ゆか》に置かれた大きなクッションにすわり、パンパンくんを足もとに置くと、きれいな飲みものを一気に飲みほした。

「すばらしい味」シンプルは目をぱちくりさせた。

エンゾはバースデーケーキも一切れ、シンプルに持ってきてやった。

「これ、リンゴのタルト？」

ケーキをにらみながら、不満そうにシンプルが聞く。

エンゾはイチゴのショートケーキを見つめた。

「ぱっと見は、ちがうよな。でもたぶん、これはリンゴのタルトが変装してるんだ」

シンプルは笑いだした。

「きみ、おもしろい」

それからおずおずと、エマニュエルを指さした。

「あの人、わからず屋」

エンゾはシンプルの正面にしゃがんだ。

「きみ、そんなにアホじゃないな」

「ぼく、きみの友だち」とシンプル。

二人は友情を祝って乾杯《かんぱい》した。チリン、とグラスが鳴った。

「す……すらばしい味」

シンプルはしどろもどろだ。もう三杯《ばい》飲んでいる。

一方クレベールは、シンプルの登場で受けたショックから、まだ立ちなおれずにいた。だれもシンプルのことを聞かずにいるが、好奇《こうき》のまなざしが自分にそそがれているのがわかる。沈黙《ちんもく》を破ったのは、ベアトリスだ。

「彼《かれ》、ずっとああいうふうなの？」

「生まれつきだから、うん」

「先天性？」

これは簡単に聞いていいことではない。先天性ならば遺伝の問題ということになり、家族のほかのだれかも同じことになっているかもしれないという意味になるからだ。

「いや、たまたま。流産を防ぐために母親が飲んだ薬のせいらしいんだけど……」

クレベールはどうにも気づまりになって、口をつぐんだ。そのときザハが、クレベールの耳もとでそっと言った。

「わたしにも、おんなじような妹がいるの」

クレベールは軽くうなずいて、感謝の気持ちを表した。だが女の子にアプローチしようと羽ばたいていた気持ちは、もはや翼《つばさ》に重りをつけられたかのようだ。

周囲では、しだいにみんながまた飲んだりおどったりしはじめている。コランタンは音楽のボリュームを上げる。おかげで何度もチャイムが鳴っていたのに、だれも、なかなか気づかなかった。

「今日はいったい何人おるんだ？」

どなりながら入ってきたのは、ヴィルドゥデューさんだった。クレベールが老人のところまでいった。

「コランタンの誕生日なんです。さわがしくなるってお伝えしとくべきでした」

ヴィルドゥデューさんの表情がやわらいだ。

「で、あのおバカも参加しとるのか？　おお、あそこで金髪《きんぱつ》ぼうやに飲まされとるぞ」

「こんばんは、ヴィルドゥデューさん。プラントゥール、いかがです？」

アリアがカクテルを持ってあいさつにきた。

アリアがグラスをわたすと、老人の目は、太いまゆの下でキラリとかがやいた。

「なあ、いったい何人と楽しんでおるんだ、こんなにさわいで？」好奇心《こうきしん》いっぱいの声だ。

「あら、五人か六人です、今夜は」

アリアはさらりと答えた。

ヴィルドゥデューさんは、思わず部屋にいる健康このうえない若い男たちを見まわした。

コランタンが部屋の明かりを少し落とした。プラントゥールを飲んだクレベールは勇気を取りもどし、ザハに声をかけにいった。

うす暗いなか、クレベールはおどりながら、むきだしになっているザハの肩《かた》をやさしくなでた。それから思いきって、そこにくちびるをつけた。

「五秒だけ。一、二、三、四……」

「しーっ」とザハ。

〈やった、いい感じだ！〉とクレベールは舞《ま》いあがった。

それをベアトリスが、ばかにしたように見ていた。

〈クレベールなんて、まだガキじゃない〉

そしてエンゾを見つけると、そちらへ歩いていった。

「檻《おり》になってあげてるの？」ベアトリスは、シンプルを指しながら言った。

エンゾは目を上げもしなかった。

「そこにあるの、何？　ウサギ？」

ベアトリスはパンパンくんの耳の先をつまんで持ちあげた。

「洗わなきゃだめね。すごいボロ！」

それから手を放し、パンパンくんを落とした。

「ベリーダンスなら、よそでやってくれ」エンゾが言った。

へそピアスに対する皮肉だ。ベアトリスはまわれ右をした。

「あの人、かわいくない」シンプルが言った。

そしてパンパンくんを手に取ると、立ちあがろうとして、よろめいた。

「なんでぼく、ころぶの？」

エンゾが手を貸し、立たせてやる。

「なんでもないよ。ちょっと酔《よ》っぱらったんだ」

そのままシンプルを部屋まで送っていくと、自分も自室にもどった。そして小さいマス目の大きなノートを取りだし、小説の続きを書きはじめた。

となりの部屋では、シンプルが小学校のお道具箱をかきまわして、ハサミを取りだした。

「ボロはもういらない……切っちゃって」とウサギのパンパンくん。

傷つきやすいパンパンくんは、ベアトリスが言ったことにたえられなかった。それで耳なんか切りおとしてもらおうと思ったのだ。シンプルは酔《よ》っぱらっていたので、パンパンくんの望みはもっともだと思った。

「先っぽだけ切る？　それとも全部？」シンプルが聞く。

「全部」

シンプルはパンパンくんを、膝《ひざ》のあいだにはさんだ。ところが二つのはずの耳が、なんだか四つに見えてしかたない。シンプルは何度もまばたきをした。それから、ぬいぐるみにハサミを差しこんだ。

「痛い？」

「くすぐったい」

ほっとして、シンプルは片方の耳をすっかり切りおとした。

「血が出た？」パンパンくんが聞く。

「出ない」

「出なくちゃ」とパンパンくん。

そこでシンプルは、赤いフェルトペンのキャップを取って手を赤くぬり、パンパンくんの耳を切ったあとにも少しぬった。

「何してるんだよ！」

クレベールが、そこにいた。シンプルのことが気になって、どうしているのか見にきたのだ。

「パンパンくんが……ボロはもういらないって」とシンプル。

「ウサギが！　なんてことを！」

クレベールは、シンプルの血ぬられた手から、ぬいぐるみを取りあげた。

「耳はどこ？」

そして、耳を拾いながらうめいた。

「なんてことを……」

シンプルは泣きじゃくりだした。

「ぼく、切りたくなかった！」

自分のしたことが、ようやくわかったのだ。

「どうかしたの？」

アリアの声がして、クレベールはドアのほうをふり向いた。片手にパンパンくんを、もう一方の手に、耳を一つ持って。

「ああ、アリア、見てよ、こんなことになって！」

アリアがぬいぐるみに近づいた。

「かわいそうに、パンパンくん……」

「ぼくがやった！　ぼく、悪い子！」シンプルがわめく。

アリアがシンプルのほうに身をかがめた。

「落ちついて。わたしが縫《ぬ》ってあげる」そして立ちあがった。

「酔《よ》ってたのね。エンゾが飲ませてた。ちょっと裁縫箱《さいほうばこ》さがしてくるから」

クレベールは枕《まくら》の上にパンパンくんを寝《ね》かせると、アリアがもどってくるのをじりじりしながら待った。

「さあみんな、もう大丈夫《だいじょうぶ》！」

もどってきたアリアは、お葬式《そうしき》のような顔をしているみんなを見て言った。

「わたしは医学部の学生よ。耳を縫《ぬ》うのも慣れたもの」

「手術するの？」シンプルが聞いた。

深い悲しみも、もうどこかへ去ったらしく、シンプルは興味しんしんでアリアがすることを見ている。まずちょうどいい色の糸をさがし、長さを決めて針に通して、ぬいぐるみの耳もとに刺《さ》す。

「痛っ」シンプルが思わず小声を出した。

「平気よ、痛くないの。麻酔《ますい》をかけておいたから」アリアが安心させてやる。

そして縫《ぬ》いおわると、「ヤッホー」と言いながら、パンパンくんの両耳をゆらした。シンプルが拍手《はくしゅ》した。アリアはクレベールのほうを向いた。

「しばらくここにいるわ。彼《かれ》のアルコールが抜《ぬ》けるまで」

クレベールは「でも」と言った。自分の兄なのだから、自分が見ているべきだと。だがシンプルがこう言った。

「アリアがいい。アリアのほうが、やさしい」

というわけで、シンプルのことはアリアにまかせて、クレベールはリビングにもどった。

「気分はどう？　頭がぐるぐるする？」アリアがシンプルにたずねる。

シンプルは笑った。どうやって自分の頭が「ぐるぐるする」のか、わからなかったから。

アリアはベッドにすわった。シンプルのすぐそばに。クレベールの兄としてではなく、シンプルを個人として見つめるのは初めてだ。

きゃしゃでこわれてしまいそうな青年。ぼさぼさの髪《かみ》で、魔法《まほう》のランプのように透明《とうめい》な目をしている。王子さまや海賊《かいぞく》や、一角獣《いっかくじゅう》やいたずらな妖精《ようせい》たちが、今にもそこに映しだされそうだ。

「シンプル」と、アリア。

「それ、ぼくの名前」

アリアはシンプルの頬《ほお》をなでた。子どものような肌《はだ》だ。シンプルは愛情のこもったこのしぐさにおどろいて、さらに大きく目を見ひらいた。ママはもうずいぶん昔に死んでいる。

「キスしてもいい？」アリアが聞いた。

シンプルは、念のために目を閉じた。アリアが軽くくちびるに触《ふ》れた。ラム酒のにおいがした。

「パンパンくんにも、してくれる？」

シンプルはぬいぐるみの鼻づらを、アリアのくちびるに押《お》しあてた。

「喜んでる。ちょっと血が出てるけど……」とシンプル。

耳もとの赤いフェルトペンのしみを、シンプルは困ったように見つめた。

「でも、喜んでる」

「わたしのキスで？」

パンパンくんは両耳を熱烈《ねつれつ》にふって、うなずいた。

6 パンパンくん、「好き好き」と「戦争」をする

ウサギのパンパンくんは、翌朝目がさめると、鉄かぶとでもかぶっているみたいに頭が重かった。シンプルは両方のこめかみをこすっている。

「痛い？」とシンプル。

「頭がぐるぐるする」パンパンくんはうめくように言った。

ルームメイトたちも、具合はよくなさそうだ。もう十時を過ぎているのに、だれも起きている気配がない。それならいいことが二つはある、とシンプルは思った――今日は日曜日だけど、もうミサにはいかないね。それにパーティーの後の部屋を、だれにもじゃまされずに探検できそう。

リビングは、ひどいありさまだった。置きっぱなしのグラスがそこらじゅうにあって、床《ゆか》にはポテトチップのかけらやケーキのスポンジくずが散らばっている。

「火！」シンプルがさけんだ。

吸いがらでいっぱいになった灰皿の横に、コランタンが新しいライターを忘れていったのだ。シンプルがさっとライターを盗《と》ると、パンパンくんが言った。

「またコレクションが増えたね」

ウサギというものは、いたずらのアイデアがいくらでもわいてくるようだ。何気なさそうにこう言いたしたのだから。

「タバコもある」

吸いがらは「ある」どころではなく、なかには半分しか吸っていないものもけっこうあった。

「ぼく、タバコ吸える」シンプルが見栄《みえ》を張った。

そしておしゃれな動作で、親指と人さし指のあいだにまだ吸えそうな吸いがらをはさむと、くちびるに持っていって口をとがらせた。それから天井に向かって、想像の煙《けむり》をふーっと吐《は》く。ベアトリスの吸いかたを完璧《かんぺき》にまねしたのだ。続いて、もっと男らしい吸いかたも。また別の吸いがらを取ると、今度は中指と人さし指のあいだにはさんで、コランタンがやっていたように、肺の奥深《おくふか》くまで吸いこむまねをする。

「うまいね」パンパンくんが合格点を出した。

「じゃあ、火、つけてみる？」

シンプルは、ライターのほうはあまりうまくあつかえず、火が飛びだしたときにはあわてて落としてしまった。でもパンパンくんにはげまされ、けっきょく三回めで、吸いがらに火をつけることに成功。そのまま吸いこんだが、せきこみながら吐《は》きだした。目に涙《なみだ》がたまってくる。

「どう?」とパンパンくん。

「サイコー」シンプルはせきこみながら答える。

そうやって吸いがらを三本吸ったところ、急に変な気分になってきた。喉《のど》がひどくかわいて、心臓がドキドキしている。

「顔がまっ白だよ。あ、ちょっと青くなってきた」パンパンくんが興味深げに言う。

シンプルは両手でお腹《なか》のあたりを押《お》さえ、それから喉《のど》を押《お》さえ、口ごもるように「クレベール」と言うと、体を二つに折って、吐《は》いた。

「だれか! 助けて!」

パンパンくんがとびはねながら助けを求めたが、効果なし。

「オエー、オエー」

パンパンくんが鼻をつまんでさわぐ。

シンプルはこの事態でパニックになり、いきなり駆《か》けだすとクレベールの部屋のドアを勢いよく開けて、ベッドに飛びのり、わめいた。

「クレベール! ゲーした!」

だがこんなめずらしいニュースにも、クレベールはほとんど反応しない。そこでシンプルは、思いきり彼《かれ》をゆさぶった。

「ぼく、ゲーした！」

クレベールはぼんやり起きあがると、ナイトテーブルの上に置いたメガネをさがした。

「え？　どこで？」

「パーティーのとこ。ゲー、ぶちまけた！」

クレベールはシーツをどけると、ふらつきながら立ちあがった。

「まっぱだか」シンプルがとがめる。

クレベールはトランクスをつかむと、リビングへ走った。

「あー……」そこでクレベールはうめいた。

カーペットのどまんなかが、大惨事《さんじ》だ。

「くさい」シンプルが、まったく人ごとのように指摘《してき》する。

クレベールはそこを掃除《そうじ》し、窓を開けて風を入れ、さらに掃除《そうじ》しなくてはならなかった。

なのにシンプルは手伝うことを拒否《きょひ》したので、クレベールはさすがに腹が立った。

「こんなの耐《た》えられない！　耐《た》えられないよ！　シンプルは森に捨てにいく。もう無理！」

シンプルは耳をふさいだが、それでも聞こえてしまった。おかげでおそろしい情景が頭のなかに広がった。それはパーティーでの『眠《ねむ》れる森の美女』から、『白雪姫《しらゆきひめ》』に変わっていた。

ルームメイトたちはみんな、朝から機嫌《きげん》が悪かった。エマニュエルは、シンプルの症状《ケース》は精神科病院の管轄《かんかつ》だと言いきった。

クレベールは怒《いか》りを爆発《ばくはつ》させた。

「専門の施設《しせつ》には一度入れたんですよ。父が再婚《さいこん》のために厄介《やっかい》ばらいして。シンプルは知的障碍《しょうがい》があるだけなのに、そのマリクロワではそれ以上におかしいって思われた。シンプルは、なんにも反応しなくなってしまった。それでぼくがそこから出したんです。父には、ぼくが面倒《めんどう》見るからって言って。シンプルをもう二度とマリクロワには入れない。二度と。だから彼《かれ》を追いだすなら、ぼくもいっしょです。しょうがない。みなさんはパパ、ママに学費をはらってもらいながら、楽しい学生生活を続けていけばいい。どうぞお幸せに」

クレベールはキッチンから出ていった。みんながそこに集まっていたのだ。そして部屋にもどると、荷物をまとめだした。シンプルが後を追ってきて、クレベールの様子を眺《なが》めながら、壁《かべ》のすみにたたずんだ。

「ぼくを、森に捨てにいく?」消えいりそうな声で、シンプルが聞く。

「二人でいっしょにいく」

この知らせで気持ちが落ちつくと、シンプルは弟をはげまそうとした。

「ぼく、ピトスル持ってる」

ドアをノックする音がした。エンゾだった。

「何してるんだ？」

「見てのとおり。荷物をまとめてる」

エンゾはその場に立ちつくした。それからきっぱりと言った。

「今話してきたんだ。エマニュエルはちょっと意固地《いこじ》になってたけど、けっきょくは同意した。きみが……きみたちが、ここにいつづけることに」

クレベールは、手にしていた本を何冊か置いた。

「ありがとう。でもけっきょく無理だよ。明日かあさってには、また同じことになる」

「いや、そんなことはない。あいつらをはずかしく思う。きみがどんなに大変なことをしてるのかわからないのかって、おれは何度も言った。それにひきかえ、みんな自分のことしか考えないおぼっちゃん、お嬢《じょう》ちゃんで……。そんな連中を、おれもずっと大人あつかいしてきたと思うと……！」

クレベールは、感動した。だれかが自分のために、自分一人のためにがんばってくれたのだ。

「でもどっちにしろ、悪いのはおれだ。きみの兄さんに酒なんか飲ませるべきじゃなかった。おれが具合を悪くさせた」とエンゾ。

クレベールはまだためらっていた。このルームメイトたちに、なんの見返りもなく重荷を課す権利が自分にあるのか？　と。

「こういうことなんだクレベール――きみたちがいるのが、ぼくは気にいってるんだよ」

パンパンくんを持ってずっと壁《かべ》のすみに立っているシンプルを指さしながら、エンゾは言った。

「ぼくが知るなかで、いちばんものごとが見えてるやつだから」

「人を指さしちゃだめ」シンプルがエンゾに注意した。

エンゾはシンプルのほうに歩みより、お返しとばかりに、両手を腰《こし》に当てて注意した。

「じゃあきみは、いい子にしてなくちゃだめ！　ばかなことばかりしておきながら、人に説教するな。あと『あーらら、いけない言葉！』ってすぐに言うのもやめろ」

シンプルは怒《おこ》って言いかえした。

「クレベールは先にあんたを森に捨てにいく！」

エンゾはため息をついて、クレベールのほうを向いた。

「めんどくさいやつだな、それにしても」

「あーらら、いけない言葉」シンプルは、聞こえないように言った。


昼どきになっても、シンプルは何も食べようとせず、部屋から出なかった。ウサギのパンパンくんの具合がよくないのだ。お腹《なか》を押《お》さえて「いたた、いたた」と言っているかと思ったら、今度はしゃっくりをしたり、体ががくっとゆれたりする。

「ゲー、したい？」

「ううん、それは平気」

人間にはよくあることだが、ウサギのパンパンくんも、ただ何もしたくなかった。

「熱が出た。熱い。お医者さん呼んで」とパンパンくん。

シンプルは、しばらくよく考えてみた。お医者さんにきてもらうには「もしもし、先生ですか。パンパンくんが病気です」と言わなくてはならない。

「でも、電話、持ってない」とシンプル。

けれどとつぜん、手のひらで額をたたいた。

「アリア！　アリアはお医者さんだ」

シンプルがリビングにいくと、そのアリアがエマニュエルのシャツにアイロンをかけていた。だがアリアは、はっきりしない顔でシンプルを見た。ゆうべ自分がしたことをちょっと後悔《こうかい》していたのだ。

「パンパンくんが病気です」シンプルが言った。

アリアはただ「ふうん」と言っただけだった。もうシンプルの遊びに入るつもりはない。

「おスクリ、もらえる？」

「あのね、今わたしは……」

そこまで言うと、アリアはまゆをひそめてアイロンを置き、シンプルの額に手を当てた。

焼けるように熱い。目も熱でうるんでいる。

「少なくとも九度はある」とアリア。

それからシンプルの首をさわって腫《は》れものがないか調べ、口を開けて「あー」と言わせ、お腹《なか》が痛いかどうか聞いた。

「痛い」とシンプル。

「頭は？」

「痛い」

「喉《のど》は？」

「痛い」

アリアは注意深くシンプルを見た。

「じゃあ、靴《くつ》は？」

「痛い」

アリアはシンプルの頬《ほお》を軽くたたいた。半分怒《おこ》って、半分笑って。

「いらっしゃい。解熱剤《げねつざい》、あげる」

「パンパンくんは、熱剤《ねつざい》いらないって」

アリアはシンプルの両肩《りょうかた》をつかんだ。

「あのねえ、あなたはパンパンといっしょに、わたしたちに面倒《めんどう》かけたのよ」

「パンパンくん」シンプルがあくまで言いなおす。

「それ、ぬいぐるみだってわかってるでしょ？」

シンプルは、返事のかわりにまばたきをした。

「本物のウサギ？　どう？」

シンプルは、お得意の仕返しレパートリーのなかから、こう言った。

「おちんちんがないのって、かわいくない」


クレベールは、シンプルがおそらく胃腸をこわしたのだろうと知らされ、医師の卵アリアから薬をもらった。だがシンプルはその薬を吐《は》きだし、熱はますます上がっていった。そして夕方になるころには、うわごとを言うようになった。クレベールは学校に提出する書類への記入を進めながら、かたわらで様子を見守った。

「ここは森のなか……クレベールは、くそ野郎《やろう》」ウサギのパンパンくんがシンプルに言う。

「あーらら……」

「そう、でも、くそ野郎《やろう》。ぼくたちを森で置きざりにした。ぼくたち、もうじき死ぬんだ。

魔女《まじょ》がいる」

「クレベール！」シンプルがパニックになって呼んだ。

クレベールは書類を置くと、シンプルをのぞきこんだ。

「どうした？」

「魔女《まじょ》だ！　あっちいけ、悪い魔女《まじょ》、あっちいけ！」パンパンくんがさけぶ。

「あっちいけ！」シンプルもいっしょになってさけぶ。

「どういう熱なんだよ」クレベールはひとりごとを言った。

そこで薬をまた一錠《じょう》、今度はコップのなかで溶《と》かした。だがパンパンくんは油断しない。

「気をつけろ、魔女《まじょ》が毒リンゴを持ってくる」

「ほら、今度は飲むんだ」

クレベールがコップを差しだした。

「やだ、これは毒！」

シンプルがクレベールの腕《うで》に大きく一撃《いちげき》を加え、コップは部屋のむこうに飛んでいった。

「魔女《まじょ》め！　ぼくがやっつけてやる」

熱のせいで、シンプルの透明《とうめい》な瞳《ひとみ》に炎《ほのお》が燃えている。そこへアリアが入ってきた。

「具合、よくなってない？」

「幻覚《げんかく》があるみたい。ぼくのこと、魔女《まじょ》だと思ってる」クレベールは、口ごもりながら言った。

「たぶん、そうやって不安を吐《は》きだしてるのよ」アリアが言った。

今ちょうど、フロイトの精神分析《ぶんせき》を猛《もう》勉強中なのだ。

「お姫《ひめ》さまの声が聞こえた。これで助かる。呼んでごらん？」とパンパンくん。

「アリア？」シンプルが呼んだ。

「ほら、そんなにひどくない。わたしがわかったもの」とアリア。

アリアがシンプルのほうにかがみこむと、シンプルは目を閉じた。

「どう？　シンプル、聞こえる？」

シンプルは目を開けた。

「ぼく、王子さま！　キスしてくれる？」

そのとき、廊下《ろうか》から声がした。

「アリア、そこにいるの？」

エマニュエルだ。

「お姫《ひめ》さまが王子さまにキスするんだ」

シンプルが要求する。はさみ撃《う》ちにあったアリアは、クレベールに小声で鋭《するど》く言った。

「ドア閉めて、早く！」

クレベールはそのとおりにして、アリアのところにもどってきた。

「わたし……わたしね、あなたのお兄さんとばかなことしちゃった」アリアが告白した。

「あなた一人の胸にしまっておいてくれる？」

クレベールはおどろいてまゆを上げたが、思わずにやにや笑いがこみあげて、目をかがやかせた。

「ばかなこと？」

「いえ、その……そうじゃなくて。昨日、彼《かれ》にキスしたのよ」

シンプルはベッドに起きあがって、大声で言った。

「またキスして！」

「だまれ！」とクレベール。

ドアがバンバンたたかれている。

「またキ……」

アリアがキスして、シンプルをだまらせた。そのときドアのすきまから、エマニュエルが顔をのぞかせた。

「やあ、クレベール、アリアを……ああ、ここにいたのか！」

「そうなの」ドアのほうへ急ぎながら、アリアが言った。

「熱が下がったかどうか、見にきたところでね」

そしてエマニュエルを廊下《ろうか》のほうへ引っぱっていった。

ベッドの上では、パンパンくんが大喜びでとびはねている。

「治ったよ、これで治った！　お姫《ひめ》さまがキスしてくれたから！」


翌朝、クレベールは起きるのがつらく、足をひきずるようにして高校へいった。シンプルは元気になっており、パンパンくんはもっと元気だ。二人でキッチンにいってみると、コランタンがライターをさがしていた。

「うそだろ。どこやっちゃったんだ？」ぶつぶつ言っている。

しかたなく、彼《かれ》はマッチを手に取った。

「タバコ、吸うの？」シンプルが感心しながら聞いた。

「ゲー、しない？」

「しないけど」コランタンが、少しおどろきながら答えた。

「ぼく、した。ゲー」

「慣れてないからだよ。でも、慣れていいことでもない。危険なんだ、タバコは」

シンプルはじっと聞いている。それでコランタンは、思わず先生のような口調になった。

「肺がんとか、深刻な病気になる恐《おそ》れがあるんだよ」

「死んじゃう病気？」

「そう。ぼくのおじさんに、毎日二箱吸う人がいたんだけど……」

コランタンは、そこで口をつぐんだ。あまり愉快《ゆかい》でない事実――自分も毎日二箱吸っているという事実に気づいたからだ。

「で？」

「で、おじさんは肺がんになった。最後は見るも無残だった」

「死んだ最後？」

コランタンは「むう」と聞きとりにくい返事をして、タバコをぎゅっともみ消した。

「ほんとに、ばかなことだったんだ」シンプルは喜んでいる。

それからクッキーを持って部屋にもどった。一人残されたコランタンは、ニコチンパッチ〔禁煙《きんえん》のための補助薬の一つ〕の効果について、真剣《しんけん》に考えていた。


シンプルはベッドに落ちつくと、『ぼくのウサギは恋《こい》してる』を開いた。もう二十回めだ。これまでは絵本を開けるたびに、ウサギのパンパンくんが女の子のウサギにとびついて、何度もキスしていた。でも今朝のパンパンくんは、絵本の前でただむくれている。

「『好き好き』しないの？」シンプルはおどろいた。

「こんなの絵だもん。ぼくは本物のパンパンちゃんがほしいんだ」

シンプルは何も答えてやれなかった。

「パンパンちゃんがどこにいるのか知らない？」パンパンくんはめげない。

シンプルは、ベッドの上であぐらをかいて体を前後にゆらしながら、しばらくじっと考えた。それから急に、手で額をたたいた。

「デパート！」


その日は月曜日で、夕方、クレベールは授業が終わると文房具《ぶんぼうぐ》を少し買いにいこうと思ったが、シンプルを連れていくためにいちどシェアアパルトマンにもどった。シンプルはショッピングセンターやデパートが大好きなのだ。

「で、どうしてた？ モテ男くん」とクレベール。

「それぼくじゃない。パンパンくん」シンプルはちょっと警戒《けいかい》して言った。

「ああ、そうだよね」

クレベールは笑った。ナンパの話や恋《こい》バナにあこがれていて、早く自分もそんな経験をしたいと思っているのだ。

スーパーマーケットに着くと、シンプルは警備員の前で足を止め、声をかけた。

「ここ、戦争じゃありません」

クレベールはあわててシンプルのそでを引っぱった。

「知らない人に話しかけちゃだめ」

「知ってる人。あの人、軍人《ウンジン》さん」

店内に入ってしばらくすると、シンプルの歩きかたがゆっくりになった。興味を引かれる売り場にきていたのだ。

「言っとくけど、何も買わないからね」とクレベール。

「ムニャマニャマニャ」

「え？」

シンプルはつま先立ちになると、クレベールの耳もとでささやいた。

「パンパンちゃんがほしい」

クレベールはきっぱり答えた。

「お金がない」

「買わなきゃだめ」とシンプル。

「無理。ノートの売り場にいく」

「じゃあ、おもちゃ見てる」

クレベールはシンプルをにらんだが、肩《かた》をすくめると一人でいってしまった。

シンプルはすぐに、おもちゃ売り場を見はじめた。まずフィギュアの軍曹《ぐんそう》が目にとまったが、首を横にふる。パンパンちゃんを見つけなければならないのだ。サルや大蛇《ボア》のぬいぐるみの前を通りすぎ、小さな牛をたおしてしまってごめんなさいとあやまり、大きなクマさんを見つけると、小さなクマちゃんも持ってきて遊びだした。

「こっちがパパのクマ、で、こっちが赤ちゃんのクマ。赤ちゃんグマはアホで……」

ここでシンプルはまた首を横にふり、〈パンパンちゃんさがし〉にもどった。

ぬいぐるみコーナーの横には、新しいタイプの人形たちがかざられていた。昔風の服を着た布製の人形たちだ。ふとシンプルは足を止め、にっこり笑った。とうとうパンパンちゃんを見つけたのである。ふちなし帽《ぼう》から二本の長い耳をのぞかせ、ワンピースの上にかわいいエプロンをつけている。

クレベールが買ってくれないことはわかっていたので、その人形を手に取ると、耳と足が出ないようにしてブルゾンの下に押《お》しこみ、小声で言った。

「動いちゃだめ」

そして腕組《うでぐ》みをし、クレベールがもどってくるのを待った。それがあまりに「なんにもしてないよ」という様子だったので、クレベールはかえってあやしんだ。

「おいで、買うものが少ない客用の《エクスプレス・レーン》レジにいこう」

シンプルはがっかりした。エクスプレス・レーンのレジにいるおばさんではなくて、別のお姉さんがいるレジへいきたかったのだ。しかたなくエクスプレス・レーンを通ったが、そのとたん、耳をつんざく警告音が鳴りだした。シンプルは両手で耳をふさぎ、うっかりブルゾンのすそから手が離《はな》れて、なかに隠《かく》していた女の子のウサギのぬいぐるみが足もとに落ちた。

「なんだ、それ？」クレベールが不安そうに言った。

警告音を聞きつけた警備員が、脅《おど》すような歩きかたでやってくる。

「万引きよ！　万引きです！」レジの女性がさけぶ。

「軍人《ウンジン》さん、近寄るな！　ぼく、ピトスル持ってる！」シンプルがわめいた。

「これはなんだ？　説明しろ！」落ちたぬいぐるみを見て、警備員もわめく。

「知的障碍《しょうがい》があるんです！」クレベールがさらに大きな声でわめく。

シンプルはスタート用ピストルをケースから出してさけんだ。

「戦争だ！」

「ピストル！　助けて！」レジの女性もわめく。

「おもちゃです！」クレベールがまたわめく。

さわぎで人だかりができはじめた。そこへ老人が一人、杖《つえ》で人の波をわけるようにしながらやってきて、雷鳴《らいめい》のような大声で割って入った。

「ばかさわぎはやめろ！　この二人はわしが知っておる。ウサギを持ってるやつは、生まれつきよく理解できんことが多いんだ。で、もう一人のメガネのぼうやはいい子だ。ダストシュートをつまらせるが、ちゃんとミサにいく。おまえはそれをしまえ……」

シンプルはそう言われて、ピストルをケースにしまった。そして大きくにっこり笑いながら言った。

「デュー《神》さんだ」

「このウサギの分は……これからはらいます」クレベールはたどたどしく言った。はずかしさで息がつまりそうだった。それからシンプルのそでを引っぱって、大急ぎでその場を後にした。

「ほら、お金あったじゃない」とシンプル。

「言っとくけどな、パンパンちゃんをゲットできたのはよかった。だけど、今度は二人の子どもとして小さいウサギのぬいぐるみがほしいとか言っても、ぜったい買わないからな！」クレベールは目に涙《なみだ》をにじませながら言った。


シェアアパルトマンに帰ると、シンプルはまずパンパンくんをびっくりさせたいと思った。そこで部屋のドアからパンパンちゃんの顔だけのぞかせて、声をかけた。

「ヤッホー！」

ウサギのパンパンくんは枕《まくら》の上で起きあがって、聞いた。

「何それ？」

シンプルは部屋に入り、慎重《しんちょう》にドアを閉めた。

「パンパンちゃんです」

「これが？　これ、ぬいぐるみだよ」とパンパンくん。

シンプルはびっくりした様子で、布でできたウサギの女の子を眺《なが》め、それから宙に放りなげた。布のウサギは宙返りして、部屋のむこうの片すみに落ちた。

パンパンくんが笑いだし、シンプルも笑った――なんてマヌケなんだろう、このぬいぐるみは！

次の日の朝、コランタンは最悪な気分で起きた。禁煙《きんえん》を決意したのだ。そして冷蔵庫を開けると、パテとソーセージとチーズの残りを全部出してすわった。ちょうどシンプルが、

クッキーをオレンジジュースにひたして食べていたが、そちらはほとんど見なかった。そしてパンとソーセージを切り、パンにバターをぬってチーズをのせ、カフェオレボウルにたっぷりコーヒーをついで、息つく間もなく、ほとんどかみもせず、口いっぱいにほおばっては、がぶ飲みして流しこんだ。

「フガ、フガ」コランタンの正面で、シンプルが鼻を鳴らした。

「なんだよ、『フガ、フガ』って？」

「ブタ。フガ、フガ」

コランタンはブタのようにがつがつ食べている――そこまではっきり言った者は、これまで一人もいない。ゆっくりと、彼《かれ》は皿を押《お》しやった。

「まったく、なんにでも首をつっこむんだな」いらつきながら、コランタンは言った。

最近、彼《かれ》はまた体重が二キロ増えていた。

7 パンパンくん、間一髪《かんいっぱつ》でサメからにげる

九月というのに、夏はいつまでもいすわって、授業が終わると、ベアトリスはもう暑さに耐《た》えられないという様子になった。そしてむきだしの腕《うで》を二本とも高く上げて、髪《かみ》をシュシュでまとめ、うなじをあらわにした。クレベールはその眺《なが》めに、思わずやさしい目になってほほえんだ。

だがこの日はザハが通りかかり、そんなクレベールに軽蔑《けいべつ》の目を向けた。クレベールはドキリとした。

「き……きみもいっしょに帰る？」

ザハの視線は、クレベールからベアトリスにそそがれた。

「ありがと、でもやめとく」

ザハはリュックを前抱《だ》きにして、遠ざかっていった。

「あの子、みんなを下に見てるよね。ちょっと散歩する時間ある？」ベアトリスが声をかけてきた。

学校が終わると、クレベールはいつも急いで帰るのだ。そのことでベアトリスにこう言

われたことがある。

「お兄さんが火をつけるかもしれないから？」

シンプルをそんなふうに言われると、いい気持ちはしない。

「川のほうにいってみる？　ちょっと話《はな》しながら……」クレベールが言った。

ベアトリスの話は、クラスの男子と女子のことになった。男子はみんな大ばかで、女子はあわれ。ベアトリスの話は聞きながしながら、ベアトリスと手をつないでもいいものかどうかと考えていた。そしてセーヌ川のほとりに着き、ベアトリスが船を見ようと立ちどまると、腰《こし》に手をまわそうとした。だがリュックがじゃまで、うまくいかない。

「そう思わない？」ベアトリスが聞く。

クレベールは何も聞いていなかったが、「うん、そうそう」と答えると、「下におりる？」とさそった。

水辺までいって、何かいい展開になればと考えたのだ。ベンチでは恋人《こいびと》たちがキスしている。

「すわる？」とクレベール。

二人はリュックを足もとに置いた。それから〈作法ってものがあるよな〉とクレベールは考えた。

「ザハのこと、どう思う？」とベアトリス。

「いい子だよね」

「あんたはだれのことでも『いい子だよね』って言うけど！　あの子、恋《こい》して死にかけてる魚みたいな目をしてるの、気づいてない？」

クレベールは、あっけにとられて、その魚みたいに何も言えなかった。

「お父さんがきびしいって言ってた。当然よね！　もしあの子が男子の目を気にしはじめたら、監視《かんし》したほうがいいに決まってる」

クレベールはなぜかとつぜん、ウサギのパンパンくんに無性に会いたくなった。

「熱い子は好き？」ベアトリスがさりげなく聞く。

クレベールは彼女《かのじょ》の重みを感じた。太ももと、腕《うで》と、肩《かた》の重みを。リードしているのは彼女《かのじょ》のほうだ。

「でもね、男子の好きじゃないとこは、あたしたちをそういうふうにしか見てないってとこ。おしりとか、胸とか。自分がバラバラのパーツとしてしか存在してないみたいで。言いたいこと、わかる？」

〈それはちがう、男子みんながそうだってわけじゃない〉とクレベールは言いたかった。いや、たしかにそういう気持ちもあるけれど、同時に男はロマンチストでもあるのだ。ベアトリスにまくしたてられて、クレベールはため息をついた。

「じゃ、そろそろ帰らなくちゃ。兄貴が心配しはじめるから」

クレベールはリュックを取ると、ベアトリスの太ももと、腕《うで》と、肩《かた》から離《はな》れた。そして〈キスしなきゃ〉と思った。男のプライドがかかっている。

〈でも五つ数えてからにしよう。一、二……〉

「三」になったところで、ベアトリスのほうからキスしてきた。クレベールは彼女《かのじょ》を抱《だ》きしめることしかできなかった。

「ほら、あんただって、おんなじ」クレベールを押《お》しもどしながら、ベアトリスが言った。

橋の上で彼女《かのじょ》と別れたとき、クレベールの体はとんでもなく熱くなっていた。


「シンプル！」

クレベールは大声で呼びながら、部屋に入っていった。

カーペットにすわっていたシンプルが、顔を上げて聞いた。

「だれに追われてる？」

クレベールは部屋に駆《か》けこんできたのだ。

「軍人《ウンジン》？」

シンプルがしゃきっと立ちあがる。

「ぼく、ナイフある」

「うん、ぼくにもあるよ」

クレベールは、ひじかけ椅子《いす》にぐったりすわりこんだ。

「必要なものは全部ある……と思う」

言いおわると、両手のなかに顔をうずめた。

「死んじゃった？」シンプルがそっと聞く。

返事なし。

「ヤッホー……」

クレベールは、ウサギの耳が両手をくすぐるのを感じた。

「ここにいたか、パンパン」クレベールは胸がいっぱいになった。

「パンパンくん」シンプルが訂正《ていせい》する。

クレベールはシンプルをまじまじと見た。だれかに胸のうちを明かしたくてたまらない。

「あのさ、ぼく女の子にキスしたんだ。ベアトリス。パーティーのときに会ったよね」

「あの人、いじわる」

クレベールは、その強い調子の即答《そくとう》ぶりにおどろいた。

「ううん、そんなことないよ。彼女《かのじょ》は……」

クレベールは言葉をさがした。高圧的？　挑発《ちょうはつ》的？　それとも攻撃《こうげき》的？　でもシンプルにそんな言葉を使ってなんになる？

「彼女《かのじょ》は命令したがるんだ。で、ぼくはどうしたらいいのかわからなくなった。ぼくはもう……男じゃない」

だが言ったとたんに最後の言葉がばかばかしくなって、鼻で笑った。それから椅子《いす》の背に頭をのけぞらせ、目を閉じた。シンプルは長いあいだその様子を見つめてから、小声で言った。

「寝《ね》た」

そこでクレベールから離《はな》れると、カーペットにすわってウサギのパンパンくんと遊びはじめた。布製の女の子ウサギも、スカートをつかんで引きよせる。

「パンパンちゃんのほんとの名前は、ピピンです」とシンプル。

「パンパンくんに会いにいきます。ドアをトン、トン。はいどうぞー」

シンプルは二つの声を使いわけている。一つは子どもだけど低い声、もう一つは高くて気どった声。

「こんにちは、パンパン」

「パンパンくん」

「そう、でもあたしは『パンパン』って言うの。命令するのは、あたし」

「きみ、かわいくない。しっぽもない」

「あるもん。スカートの下。見えないだけ。あんたのしっぽより大きい」

「うそだ」

「うそじゃない」

「ちがう」

「ちがわない」

「二人はけんかします」

シンプルが言いながら、二匹《ひき》のウサギにボカスカ殴《なぐ》りあいをさせる。

クレベールが目を開けた。

「強いのは、ピピン。パンパンくんを、こてんぱんにします」とシンプル。

ピピンがパンパンくんの上に乗って、頭をふみつける。クレベールは自分がやられたみたいな気がして、ますます気持ちが落ちこんだ。

「あーらら。スカートのなかが見える。でもしっぽは見えない」とパンパンくん。

ピピンは悲鳴を上げると、耳をこぶしがわりに、パンパンくんを殴《なぐ》りはじめた。

「きみ、もうやだ！　だいたいきみは、ただのぬいぐるみ」急にシンプルがさけんだ。

そして女の子ウサギをつかむと、壁《かべ》に向かって思いきり投げつけた。クレベールがはじかれたように笑い、シンプルがさっとそちらを向いた。

「ほら、もう悲しくない？」

カルディナル・ルモワーヌ通りのシェアアパルトマンでは、もう一人考えこんでいる者がいた。エンゾだ。どうすればアリアに自分のいいところをわかってもらえるのだろう。エマニュエルは、エンゾより背が高く、魅力的《みりょく》で、勉強も進んでいて家柄《いえがら》もよく、性格も強い。

〈じゃあ、おれに何がある？　あいつよりおもしろいってことぐらいか〉

それから声に出して言ってみる。

「女の子を笑わせればモテるっていうのは、うそだ。みんなユーモアのセンスは求めてるけど、いざとなると、胸板の厚いやつのほうを選ぶんだ」

「おいおい、若いの、にげるんじゃないぞ！」

下の階から、ヴィルドゥデューさんが上がってきた。またダストシュートがつまったと苦情を言いにきたのだが、エンゾは「もっと心配なことがあるんです」と言って、そのまま追いはらおうとした。ところが気がつくと、いつのまにかヴィルドゥデューさんに悩《なや》みを打ちあけていたのだ。

「きみに抵抗《ていこう》しとるその若い娘《むすめ》は、なんという名だ？」

ヴィルドゥデューさんは、少々《しょうしょう》古めかしい言いかたで聞いた。

「なんという名って……アリアですよ！」

エンゾは全世界が知っていることだとでもいうように、声を張りあげた。

「アリア？　あんたがたといっしょに住んどるあのお嬢《じょう》さんか？」

エンゾはうなずいてから、むくれた。

「何なんですか？　なんでそんな目で見るんですか？」

「いや、わしは、その……あの若いお嬢《じょう》さんは、あんたがたのいいお友だちなんじゃないのか？」

エンゾは肩《かた》をすくめた。

「オンナってことですか。それならアリアは、エマニュエルのオンナですよ」

老人はびっくりした様子だ。

「わしはてっきり……」そして声をひそめた。

「……ここに住んどる全員のオンナかと」

エンゾは憤慨《ふんがい》した。

「何考えてたんですか！　昔はそんなふうだったんですか？」

老人は、まったくの誤解だったと認めた。

「それであのお嬢《じょう》さんは、ほかのだれかに甘《あま》いってことはないのかい？」

エンゾは顔をしかめた。

「シンプルには甘《あま》いと思いますね」

「あのおバカか？　ああ、じゃあ、きみにはおおいにチャンスがあるぞ」

「それはありがとうございます、ヴィルドゥデューさん」

「ジョルジュと呼んでくれ。いや、今のは皮肉でもなんでもない。ほかの男に見向きもしないというわけじゃないなら、どうしてきみは何もせんのだ？」

「でも、いったい何をすればいいっていうんです？　彼女《かのじょ》は、ぼくがもう夢中だって知ってるんですよ」

「それで？」

「それで、まったく相手にされません」

ヴィルドゥデューさんは、杖《つえ》で床《ゆか》を一突《つ》きした。

「男だってところを見せてやれ！　遠慮《えんりょ》なくつき進め！」

「つき進めって？　キッチンの流しまで追いつめるとか？」

そう言ってから、エンゾは赤くなった。すでに考えたことだったから。

「にげずに勝負しろ」ヴィルドゥデューさんが強い調子で言う。

「『あなたなしの人生は耐《た》えられない』って言うんだ。まあ、おなじみのばかばかしいセリフだが……。で、キスして、それから……」

ヴィルドゥデューさんは杖《つえ》をにぎりしめた。エンゾはまだ納得できない様子だ。

「何を恐《おそ》れておる？」と、ヴィルドゥデューさん。

「ほれた女からのびんたなんて、上等じゃないか。老後のいい思い出になるぞ」

「目のさめるようなご意見です、ヴィルドゥデューさん、平手打ちみたいに目がさめた」

「ジョルジュと呼んでくれ。で、忘れるな――遠慮《えんりょ》なくつき進め！」

「つき進むんですね？」なんとなくはっきりしない声で、エンゾが言った。

だがこれで、彼《かれ》は新しい一歩をふみだせるようになったのだ。


行動するのは、火曜日――エンゾは心を決めた。火曜日の午後は、フロアにシンプルとアリアと自分しかいない。

火曜日の午前中、エンゾはずっと不安だった。正午、昼食は何も喉《のど》を通らなかった。十四時、いっそ窓から身を投げようかと思った。

アリアはリビングにいた。複雑なすわりかたをしており、一方の脚《あし》は折りまげてソファの上にのせ、もう一方はぶらぶらさせている。Tシャツのすそは、半分パンツから出たまま。いらだたしそうにため息をつきながら、講義録のプリントを読んでいる。

エンゾはとなりにすわった。体がふるえる。

「それ……それは暗記しなきゃいけないやつ？」

アリアが横目で彼《かれ》を見た。

「あっちいって」

エンゾは怒《いか》りがこみあげた。

「どうしてそんな言いかたばかりするんだ？　ぼくがきみを好きだから？」

そしてまさにこのとき、ジョルジュの助言を思い出したのだ。

「きみなしでは生きられない。昼も夜もきみのことを考えてる。おまけに朝は、あのエマニュエルのばかのせいで起こされるし！」

言ったとたんに、判断を誤ったかも、とエンゾは感じた。だがうつむいたまま、つき進むことにした――遠慮《えんりょ》なくつき進め。彼《かれ》はアリアにとびついた。

「愛してる。きみがほしい」

びんたが飛んできたのは、想定内だった。でもアリアにこんな力があるというのは、想定外だった。

「くそ」ふらふらしながらエンゾはつぶやいた。

「あーらら、いけない言葉」

エンゾとアリアが同時にドアのほうを見た。パンパンくんが二本の耳をのぞかせている。

それから顔が出てきた。

「ヤッホー！」

「出ていけ、シンプル、のぞき見するな！　クレベールに言うぞ！」エンゾが怒《いか》りを吐《は》きだした。

するとドアのところに、シンプル自身が現れた。

「びんたされた、ザマミロ！」

アリアが手のひらをこすりあわせながら立ちあがった。自分も痛かったのだ。

「シンプル、今見たことは言っちゃだめだからね」とアリア。

「秘密？」

「秘密の一種」

「パンパンくんにも秘密がある。恋《こい》の秘密」

「またパンパンか。それもスケベなパンパン！」

エンゾはどなりながらシンプルに近づいた。

「なんでアホをここで世話しなきゃならないんだよ？」

「エンゾ、やめなさい！」

アリアが言って、エンゾの肩《かた》にパンチを浴びせた。

シンプルはパンパンくんを両手にはさんで押《お》しつぶしている。そして言った。

「けんか、しないで」

それからアリアの腕《うで》を取り、エンゾのほうへ押《お》しやった。

「チュッして」

エンゾとアリアは顔を見あわせた。エンゾはまだ怒《おこ》ったたまま、アリアはちょっとおもしろがって。

「チュッしたら、もっと痛くなるけど」とアリア。

エンゾは顔を横に向け、火が出そうなほど痛い頬《ほお》をアリアに差しだした。

アリアがキスした。


「すべりだしは、まずまずだな」ヴィルドゥデューさんがうなずいた。

「え？　そう思いますか？」

エンゾは階下の老人宅にきている。片側の頬《ほお》がアザになって腫《は》れたたままだ。

「女を怒《おこ》らせたなら、その女への権利を手に入れたことになるわけだよ」

エンゾはよくわからないという目で、ヴィルドゥデューさんを見る。

「許してもらう権利さ。花束を贈《おく》れ。まんなかにカードを入れるんだ。『きみのことで苦しむのは、なんと幸せなのでしょう』……あいかわらずのばかばかしい文句だが」

エンゾはゆっくり頭をふった。

「そんなふうには思えません」

「赤いバラの花束がいい。花言葉は燃える情熱。白でもいいな。けがれのない愛。おっと、きみの場合はちがうか」

けっきょくエンゾはピンクのバラを買い、小さな上質のカードにこう書きなぐった。

〈許してください〉

そして思った。

〈もしおれが女なら、こんなふうにあやまるやつには、胸の張りさける思いがするだろうな〉と。

アリアは手紙を出しに出かけていた。そこでエンゾは彼女《かのじょ》の部屋にしのびこみ、枕《まくら》の上に花束を置いた。そして自分の部屋へもどると、ベッドに寝《ね》ころんで、待った。

「あんた、ばか？」

とつぜんアリアの声が降ってきた。

エンゾが起きあがると、置いてきたままの姿で花束がつき返された。

「エマニュエルにボコボコにされたいの？」

「いや、まさか……でもアリア……」

「もしまたこんなことしたら、今度は花束まるごと食べさせるわよ」

ヴィルドゥデューさんは、へこたれなかった。

「彼女《かのじょ》はきみをエマニュエルから守ったんだ。いいじゃないか！」

「ジョルジュ、あなたは今の女の子のことを何も知らないんだと思うんです。花束も、強く迫《せま》ることも、もううまくいかないんですよ。今の女の子は自立してるから、男も自分で選ぶし、気にいらなくなったらティッシュみたいに捨てるんだ。男でいるのは大変な時代になった。女性誌とか読むと、そう書いてあります」

ヴィルドゥデューさんは、はっきりしない声でつぶやいた。

「男女の闘《たたか》いは、世界の始まりからあったわけだが……」

その世界の重みに耐《た》えかねたように、ヴィルドゥデューさんの背中がだんだん曲がっていく。

「でも、二十歳《さい》ぐらい年の離《はな》れた奥《おく》さんがいらっしゃるんでしょう？」エンゾが不意にたずねた。

ヴィルドゥデューさんの背中がしゃきっとした。

「年の差は、二十二歳《さい》！」

「どうやって奥《おく》さんを射とめたんですか？　花束で？　それともつき進んで？」

「あれがわしと結婚《けっこん》したのは、わしの金に引かれてのことなんだ」ジョルジュは謙虚《けんきょ》に認めたのだった。

日曜の朝、コランタンは学生たちのなかで、まっ先に起きた。シンプルも起きていた。だがコランタンは、アホにはまるで関心を示さない。このときも、エンゾが起きてきたらいっしょに何をするか話そうと、いつものように待っていた。そして無意識のうちに腕時《うでど》計《けい》を見た。

「エンゾ、待ってる」シンプルが口を開いた。

コランタンは答えずにすませた。

「いつもエンゾ、待ってる」

「はあ？　ちがうよ、いつもじゃない」

コランタンはシンプルをにらむと、くり返した。

「いつもじゃない」

だが、またも本当のことに気づかされたのだ。コランタンはいつもエンゾを待っている。ゆうべもプールにいこうとエンゾをさそった。運動して体重を減らしたいと思ったからだが、エンゾは「おれが海パン姿なんかになったら、女の子たちがキャーキャー言ってとびついてくるだろ」などと言って断った。それでコランタンは、昨日の運動をあきらめたというわけだ。

「おはよう！　よく寝《ね》た？」

クレベールがキッチンに入ってきた。

「これからプールにいくってどう？」コランタンがクレベールをさそった。

「うん、浮《う》き輪《わ》、持ってくる！」シンプルがさけんだ。


三人はポントワーズ通りにあるスポーツセンターのプールへいった。シンプルは、イルカの形をした浮《う》き輪《わ》をかかえている。クレベールはまわりの目を気にして、コルクでできたファッショナブルでめずらしいベルトとイルカの浮《う》き輪《わ》を交換《こうかん》しようと持ちかけたが、シンプルはどうしても聞きいれなかった。コルクは泳げないけど、イルカは泳げると言いはったのだ。

子ども用プールの前に立ったとたん、シンプルはバッシャーンと巨大《きょだい》な音を立てて飛びこんだ。そして何度も甲高《かんだか》い悲鳴を上げた。水が冷たかったから。

クレベールはあたりに目を走らせた。プールサイドでまゆをひそめているママたちが何人もいる。

「知的障碍《しょうがい》があるんです」クレベールはママたちに説明した。

そしてその反応を待たずに、大人用のプールにいって飛びこんだ。

シンプルも、イルカの浮《う》き輪《わ》にしがみついたまま、やってきた。こうして見ると、奇妙《きみょう》な体つきだ。肩幅《かたはば》はないが肩《かた》は直角で、お腹《なか》はへこみ、腰《こし》は細い。急に背がのびた子どものようだ。

プールに出入りするはしごの最後の段で、シンプルはなかにいる人たちに向かってさけんだ。

「サメはいませんか？」

返事のかわりに、大笑いが返ってきた。

「頭ヘンなんだ、あの人」シンプルは小声ではき捨てるように言った。

それから、もしサメがいても、イルカなら人より攻撃《こうげき》されにくいだろうと考えた。サメとイルカは海の生きものどうしで、多少なりとも同類だからだ。そこでしぶきを上げて平泳ぎもどきをしながら、プールのまんなかのほうへと進んでいった。

「大丈夫《だいじょうぶ》？」

クロールでもどってきたクレベールが、シンプルに声をかけた。

「大丈夫《だいじょうぶ》。おしっこした」

「え？　このなかでじゃないよな？」

「あー、なかで」

シンプルは気持ちよさそうだ。

「水から出ろ。急いで！　ほら、早く！」クレベールはしかりとばした。

「サメ、いっぱいいた？」

「そうだよ、出ろ！」

クレベールは目でコランタンをさがした。コランタンはプールのへりにつかまって、息を切らしている。

「もういく。出よう」とクレベール。

「ええ？　あと二十往復したいんだけど！」

「出るんだ。後で説明するから」


三人は帰りの道を歩いている。コランタンはカンカンだ。

「ほんとにもう、なんにもまともにできないじゃないか！」

クレベールはそのとなりを、うつむいたまま歩いている。

「ぼく、あのループもういかない」とシンプル。

「サメ、いっぱいいすぎる」

8 パンパンくん、ピンクのバラをザハに贈《おく》る

ザハは悩《なや》んでいた――「あなたのことが好き」って、どうやってクレベールに伝えたらいいんだろう……。コランタンの誕生日パーティーでは、自分の思いをおさえるので精いっぱいだった。

〈自分を大事にしなさい。そうすれば人も大事にしてくれる〉。これがザハのパパ、ラルビがくり返す「教え」の一つだ。

でも今は、どうしたらクレベールがあとちょっと自分を大事にしすぎなくなるかと考えている。相談できる人は？　だれもいない。ザハは七人姉妹のいちばん上で、いちばんきれいで、ママ、ヤスミンの首をかざる真珠《しんじゅ》のような娘《むすめ》なのだ。でもママがいちばんかわいがっているのは、末っ子のアミラ。生まれつき耳が聞こえず、口もきけない。

「全員、女の子」パパは小声でつぶやくのだが、その全員のことが大好きだ。

ただ最近は、内心、ザハのことを心配している。前より笑わなくなったのだ。これについてもパパには「教え」があった。〈もの思いに沈《しず》む女の子のかげに、男あり〉。

「みんな、覚えているかな？　ザハは来月十七歳《さい》になる」食事の席で、パパは言った。

「忘れるわけなーい！」

ザハの妹たち、ジェミラとレイラとナイマとヌーリアとマリカが、いっせいにさけんだ。

アミラは何も言わなかったが、にっこり笑った。パパのくちびるの動きを読むことができるからだ。

「そうか、じゃあ聞いてくれ。〈この世で生きていくことは、幻想《げんそう》の喜びにすぎない〉」

「やめて、またそういう話」十四歳《さい》のジェミラがすかさず言う。

「いやこれは、われわれが信じるイスラム教の聖典、コーランの教えだ。いつの日か、〈小川が流れる庭園〉にいきたいのなら……」言いながらも、パパはジェミラのひとことで動揺《どうよう》している。

「アッラーの神の天国は、男の人たちにとってだけ、いいところなんでしょ」またもジェミラがさえぎる。

姉妹みんなが笑いだした。よくわからなかったアミラをのぞいて。

「まったく、口答えばかりしおって。わたしが子どものころは、お父さんが話している最中に口をはさむ者などいなかった。『話を聞くことは、従うことだ』とお父さんも言っていた」パパが嘆《なげ》いた。

「だったらわたしは聞きたくなーい」とジェミラ。

素直に育ったザハは、びっくりして妹を見た。パパは無力感におちいって、妻のほうを見る。

「だがこれはコーランに……」

ママは、両手両目を天井に向けた。議論をパスする身ぶりだった。


その晩も、ザハはだれにも打ちあけることができずに、自分の部屋へもどった。そして
そのまま化学の復習をしようとしたが、目の前に人影《ひとかげ》がちらついて集中できない。クレベ
ールの気を引くベアトリス、髪《かみ》をかきあげるベアトリス、クレベールと二人で遠ざかって
いくベアトリス。

「どうかした？」

その声で、ザハはゆっくりと、切れ長のグレーの目をジェミラのほうに向け、答えた。

「どうもしない」

ジェミラは勢いよくとなりにすわった。少し姉を押《お》しながら。

「ねえ、なんて名前の人？」とジェミラ。

「クレベール」

「変わった名前。でもハンサム？」

「ハンサムすぎる」

「何言ってるの、鏡見てごらん。ザハはスター、お星さまみたいにきれいだよ！」

ザハは悲しそうにほほえんだ。

「その人、ザハのこと好き？」とジェミラ。

「最初はそうだと思ったの。でも今はほかの子といつもいっしょ」

「美人？」

人間関係について、ジェミラの見かたは単純なのだ。

「赤毛で、脇毛《わきげ》がもじゃもじゃで、ブタのにおいがする」

だいぶ脚色《きゃくしょく》されているが、まあいい。

「彼《かれ》に魔法《まほう》をかけなきゃ。男の子に魔法《まほう》をかけるのは、魔法使《まほうつか》いじゃないんだから」ジェミラがささやいた。

ザハはゾクッとした。

「こっちにおいで。見てごらん」

ジェミラはザハを鏡の前に連れていった。そしてブラウスの前を開け、スカートをたくしあげ、下まぶたにアイラインを引いて瞳《ひとみ》をくっきりさせてから、恍惚《こうこつ》とした表情をするお手本を見せた。くちびるをなかば開け、目から徐々《じょじょ》に光を消していくようにする。

「何して遊んでるの？」

レイラが入ってきた。一部屋を三人で使っているのだ。

「ハーレムごっこ」とジェミラ。

レイラはまだ十二歳《さい》だが、特におくてというわけではない。

「あたし、ストロベリー・フレーバーのリップグロス持ってるよ」

小物入れの中身をかきまわしながら、レイラが言う。

「くちびるがつやつやになって、キスがいい香りになるんだ」

「あんた、もうキスしたことあるの？」ザハが目を丸くする。

「え！　人生ってなんのためにあるわけ？」とレイラ。

それから三人はブラウスのすそをおへその上で結び、ピアスをしたりタトゥーを入れたりするところを想像し、髪《かみ》を三つ編みにして、アップにしてから四方八方に出すヤシの木ヘアを作りあげた。

「わたし、手も脚《あし》も毛深いのが、すごくいや」ジェミラが落ちこむ。

そこでレイラが、パパのカミソリとママのバストケアのクリームをないしょで取ってきた。三人はチャンスとばかりに、何度もカミソリの使いかたやクリームのぬりかたの〈実験〉をした。そして結果を比べあったが、けっきょくザハが、二人の嫉妬《しっと》を買うこともなく、あっさり勝利した。

仕上げに、マッサージとメイクもしてもらったザハが、イスラムの王《スルタン》さまに愛されるお姫《ひめ》さまのように、自分のベッドに寝《ね》ころんだ。

「クレベールがこれを見たらな……」ジェミラがため息をついた。

クレベールはこの晩だけでなく、翌朝もザハを見ることはなかった。プール遊びは短時間だったのに、気管支炎《きかんしえん》になってしまい、部屋から出られなくなっていたからだ。

「パンパンくんもせきしてる。コホンコホンコホン」とシンプル。

ウサギのぬいぐるみは体を二つに折って、両方の耳を大きくゆらしながら痰《たん》を吐《は》く。

「静かにしててくれない？」

クレベールが、せきこみ、はなをかみ、涙目《なみだめ》になりながらたのんだ。

シンプルはまわれ右をすると、何もすることがなくなって、一瞬《いっしゅん》ふくれっ面をした。だがすぐにパンパンくんをつかみ、もう一方の手でフィギュアを入れた袋《ふくろ》をつかみ、布製の女の子ウサギは口でくわえた。こうしてピピンをくわえて運ぶのが、シンプルの最近のクセになっている。

「それやめろよ。汚《よご》れるぞ」クレベールがしかる。

「ただのぬいぐるみです」とシンプル。

シンプルがリビングに着いたとたん、インターホンが鳴った。シンプルはルームメイトたちから習ったとおりにボタンを押《お》し、それからクレベールのところへ走ってきた。

「ジャーハ、きた」

「え？」

「ジャーハ、きた」

「そのぬいぐるみ、口から放してちゃんとしゃべれ！」

ザハが宿題を持ってきてくれたのだとわかると、クレベールはあわてふためいた。洗っていない髪《かみ》はベタベタ、顔色は黄色く、目は赤い。

「これじゃ会うわけにいかない。宿題は置いてってくださいってたのむんだ。で、ぼくがありがとうって言ってたって、伝えて」クレベールはシンプルに言った。

ザハはクレベールに会えなくてがっかりしたが、彼《かれ》が寝《ね》ている部屋に入っていくのは気が引けた。

「風邪《かぜ》ひいたの？」

シンプルは首をふると、専門医のような口調で言った。

「せきの病気です」

ザハはほほえんだ。彼女《かのじょ》は子どもが好きなのだ。そしてシンプルは、けっきょくのところ、子どもだ。

「クレベールの宿題、持ってますか？」とシンプル。

ザハはノートを何冊も出した。

「字が書いてある?」とシンプル。

ザハは笑いだした。

「そうよ。で、数字も書いてある」

シンプルは、鑑定家《かんていか》のようにうなずいた。

「12?」

ザハは大笑いした。

「数、かぞえられるの?」

「うん。1、2、3、4、B、12」

ザハは笑いが止まらない。シンプルを怒《おこ》らせてはいけないと思い、なんとか自分をおさえようとするのだが、落ちつこうとすればするほど笑いがふきだしてくる。シンプルは不思議そうにザハを見た。

「きみ、笑うの好き」

ザハは目もとをぬぐったが、それでも笑いがこみあげてくる。彼女《かのじょ》はシンプルの腕《うで》に手を置いた。

「ありがとう。元気が出たわ」

ザハが帰っていくと、シンプルはノートをパラパラとめくってみた。ていねいに書かれているが、気にいらない。

「きれいじゃない」とシンプル。

「色鉛筆《いろえんぴつ》、持ってなかったっけ？」

ウサギのパンパンくんが、それとなく言った。

シンプルはお道具箱をさがしにいき、ザハの物理のノートを開けると、赤やオレンジや黄色といった暖色系の色鉛筆《いろえんぴつ》で、手書きの文字をまねして書いていった。歴史のノートには、空色、マリンブルー、そして紫《むらさき》から薄紫《うすむらさき》になる青のグラデーションで、空の色合いをこまかく再現。そして数学のノートでは、Bの文字を書く練習をした。横からパンパンくんが、パンパンくん的なコメントをつぎつぎ出す。こんなふうに。

「そのBころんじゃいそうだ。あーらら、こっちのは、お腹《なか》が二つじゃなくて三つある」

三十分後、シンプルはくたくたになってノートを押《お》しやった。と、急に、自分がとんでもないことをしてしまったのに気がついた。そして、そういう場合にいつもやるように、すっかりパニックになった様子でさけんだのだ。

「クレベール！」

シンプルは、ようやく寝《ね》つくことのできたクレベールの部屋に駆《か》けこんだ。

「クレベール！　大失敗！」

「え？　何？」

クレベールがまぶたを上げると、その上にバラバラとノートの雨が降ってきた。

「ぼく、悪い子！」シンプルは半泣きだ。

クレベールは頭がはっきりしてくると、ノートをめくっていった。

「シンプルがやったんじゃないよね？　これ」

やったのだ！　シンプルが！

歴史のノートの、いちばん描《か》きこまれた空のグラデーションのところで、クレベールの手が止まった。

「ぼくのこと、森へ捨てにいく？」とシンプル。

〈森じゃなくてマリクロワだ！〉と、クレベールは心のなかでさけんだ。もうがまんならない。

そのとき電話が鳴った。二人の父マリュリ氏からだった。再婚《さいこん》した若い新妻マチルダに夢中で、子どもたちがどうしているのか、これまであまり気にもかけてこなかった。

「元気か？　シンプルはどうだ？」

「もう大変。ばかなことばっかりしてさ」

「だから言っただろう」

沈黙《ちんもく》が広がった。クレベールは、共感や力になってくれる言葉、アドバイスや提案がほしかった。

だが口を開いたマリュリ氏は、こう言った。

「マリクロワに今も空きがあるかどうか……」

「いや、そうじゃなくて。ぼく、今、具合が悪いから……」

そこで激しいせきが出て、説明がわりとなった。

「今度の週末、シンプルを預かってもらえないかな……」

「ああ、それはだめ、論外」

だがマリュリ氏は、言葉のきつさに気づいて言いたした。

「なあ、マチルダは妊娠《にんしん》してるんだ。シンプルを見たら心配になるだろう。どうしてあんなふうになったのか、わかってないんだから」

「それはママが飲んだ薬が……」

クレベールは弱々《よわよわ》しく言ったが、すぐまたせきこんだ。

マリュリ氏は、クレベールがせきをしたいだけできるように、だまっていた。

「じゃあ、一人でなんとかしろってこと？」

ようやく、あえぎながらクレベールが言った。

「ソーシャルサービスに連絡《れんらく》しておく」マリュリ氏はそう言った。

クレベールはぐったりして電話を切った。ところが今夜は休めないと運命づけられているかのようで、エンゾがドアをノックした。クレベールは彼《かれ》に事情をぶちまけた。

「ぼく、ザハにどうしたらいいんだろう？」

「バラだな」とエンゾ。

「バラ？」

「彼女《かのじょ》にバラの花束を贈《おく》るんだ。すごくいいのが一つあるから。真新しいピンクのバラの花束。で、まんなかにカードを差しこんで。『許してください』ってな。なんならカードもある」

ルームメイトたちは、クレベールの最新の悩《なや》みを知って団結した。コランタンは花束を包むラッピングペーパーを見つけてきたし、アリアはシンプルに「ザハに何か描《か》いてあげれば？」とすすめた。

「おわびのしるしに。どう？」

「じゃあパンパンくん描《か》く！」

シンプルは、思わず目が吸いよせられるほどチャーミングなウサギを描《か》いた。二本の耳が、信じられないほど表情豊かだ。

「こいつ、天才だ！」エンゾがうっとり見いった。

シンプルは画用紙を一束もらった。アリアは、統合失調症《とうごうしっちょうしょう》の人たちが描《か》いたみごとな絵を思い出していた。

「知的障碍《しょうがい》がある天才もいるからな」エマニュエルも太鼓判《たいこばん》を押《お》す。

クレベールも、シンプルには才能があると思っていたので、もっと描《か》いてごらんよとはげました。

シンプルは描《か》いた。パーティーでのパンパンくん、ミサでのパンパンくん、プールでの、デパートでのパンパンくん……。

「あのさ、ウサギ以外も描《か》いてみない？」

パンパンくんの肖像《しょうぞう》が十二枚になったところで、クレベールが声をかけた。

シンプルは、きっぱり首をふった。

「パンパンくんしか描《か》けない」

「うーん、ちょっと限界のある才能だねえ」コランタンが言った。


一方、ザハが家に帰ると、妹たちレイラとジェミラが待ちかまえていた。

「ザハ、愛しい人に会えた？」

「ううん、自分の部屋にいたみたいだったから」とザハ。

「えー、じゃあ部屋までいかなきゃ！　彼《かれ》がベッドにいるとこ見られたのに」レイラがすっかり興奮してさけぶ。

「またそういうこと言って。あんた、まだ十二歳《さい》でしょ」ジェミラがたしなめる。

「ええ、そうですとも、おばあさん！」

レイラは怒《おこ》っていってしまった。

「あの子、だいぶませてるわね」ザハも言った。

ジェミラはザハに目くばせした。

「でも、あの子の言うとおり。彼《かれ》の部屋にいくべきだったんじゃない？　運がよければ、彼《かれ》、明日もまだベッドのなかかもよ」

ジェミラは口では大胆《だいたん》なことを言うが、実際には慎重《しんちょう》だ。だから姉が危険な目にあったりしないよう、いっしょにいくことにした。ザハはためらっているふりをしたが、妹をがっかりさせないようにほどほどでやめて、計画の詳細《しょうさい》、つまり何を着ていくかを相談しはじめた。

「学校から直接いくから、セクシーなのはだめだし」とザハ。

だが解決策を発見――シャツブラウスの下に、ぴったりしたタンクトップを着ていけばいい。ジェミラのほうは、イスラム教のスカーフ〈ヒジャブ〉を着用する。

ザハはおどろいて反対した。家族でヒジャブを身につけるのは、ママだけだ。

「平気平気。わたしがそういう格好なら、彼《かれ》も気が散らないから」ジェミラは言いはった。

それから二人は、いっしょにカルディナル・ルモワーヌ通りへいくための待ちあわせ場所を決めた。

翌日の夕方十七時ごろ、二人は合流すると、閉まっている店のひさしの下で、予定どおりに準備を整えた。ジェミラは、くるぶしまである明るいベージュのレインコートを着ていて、その上からヒジャブをまとった。ザハはその横で、ひどく苦労しながら、ブルゾンを着たままシャツブラウスをぬいだ。

「それでかがみこんだら最高！　彼《かれ》、どうかしちゃうから」ジェミラがはしゃいだ。

「どうかしてるのは、あんたでしょ」

　ザハがインターホンを鳴らすと、ジェミラは〈わたしがついてるからね〉と言うように、彼女《かのじょ》の腕《うで》をにぎった。とはいえジェミラも緊張《きんちょう》していて、にぎる手に力が入りすぎ、ザハは思わず「痛い！」と声を上げた。

「だれですか？　もしもし、みなさん《ムッシュー・マダム》？　いいお天気ですね」インターホンから声がした。

「こんにちは、シンプル！　開けてくれる？」ザハが言った。

　シンプルは弟に知らせに走った。

「クレベール！　助けて！」

　彼《かれ》は今日もベッドにいる。鼻や喉《のど》はだいぶましになったが、まだ少し熱っぽい。

「なんだよ？　また」

「ザハがきた。ぼく、しかられる」

「花束持ってこい、早く！　で、あやまる。ノートは全部返す。絵も忘れずに！」

　シンプルはドアまで走っていくと、パニックになりながら、花束とノート全冊と絵をザハの腕《うで》のなかに放りなげた。

「めちゃくちゃしたのはパンパンくん。で、ぼくはパンパンくんの絵を描《か》いた。もしまたおんなじことしたら、クレベールはぼくを森に捨てる」

姉妹は何も理解できなかったが、すでに大笑いの波に飲みこまれている。

「ねえ見て、このウサギの顔！」ジェミラが絵を見て、今度は胸を打たれている。

「ぼくが描《か》いた。ぼく、天才」シンプルは胸を張る。

笑い声がいっそう大きくなった。だがその合間に、ジェミラが姉にささやいた。

「彼《かれ》の部屋にいく？」

笑いがやんだ。

「クレベール、いる？」ザハが聞いた。

シンプルはうなずいた。

「勉強のこと、少し説明しなくちゃいけないんだけど」

「お部屋に案内してくれる？」ジェミラが横から言った。

ザハは花束にとまどって、ダイニングテーブルの上に置いた。

「かがむの忘れないようにね」ジェミラがささやいた。

そしてシンプルが、二人を廊下《ろうか》のつきあたりの部屋まで案内した。

クレベールは激しくせきこんだところで、体が熱くなり、羽根布団を押《お》しやっていた。

そこへシンプルが、なんの合図もなく入ってきた。

「あーらら、すっぱだか」

姉妹はシンプルのすぐ後ろにいる。クレベールはそれを見て仰天《ぎょうてん》し、体を曲げて羽根布団をつかむと引きあげた。ザハもクレベールもどぎまぎして混乱しながら、たがいにあやまりあった。

「おじゃまするつもりはなかったんだけど。知らせなきゃと思って、あなたに、その……えーと……」ザハが口ごもりながらも早口で言う。

「本」ジェミラが横から小声で言う。

「本のことを。哲学《てつがく》の授業で読まなきゃいけない本のこと。参考図書を書きだしてきたの」

ザハはベッドに近づくと、クレベールの前にかがみこみ、紙を置いた。しかしクレベールがその眺《なが》めを味わうことはなかった。初めて見るジェミラにおどろいていたのだ。

「妹さん？」おそるおそる聞いてみる。

「はい。わたし、姉より伝統を重んじるタイプで。それでこういう格好を」とジェミラ。

クレベールは敬意を表してうなずいた。だが彼女《かのじょ》たち二人とも、とにかく早くいなくなってほしい。

「それから、お花をありがとう。でも、そんなことしてくれなくてもよかったのに」

ザハが、恍惚《こうこつ》とした表情を作りながら言った。ジェミラとともに研究したあの表情だ。

「いや、申し訳なかった、兄の落書き」

「落書き？」

クレベールは、しまったと思って赤くなった。シンプルがやらかしたことを、こちらから教えてしまった。

ザハは、物理のノートをめくってみた。かなりびっくりしたようだ。そのあいだジェミラは、ヒジャブによく合う沈《しず》んだ様子をしてみせながらも、目の前の光景を見のがしはしなかった。熱っぽくて上半身はだかのクレベール。その姿に、彼女《かのじょ》は心の底までゆさぶられた。

「これぐらい大丈夫《だいじょうぶ》」ようやくザハが言った。

「また書きなおすわ。じゃあ、そろそろさよなら」

クレベールはまたもせきこみはじめ、さよならと手だけをふると、枕《まくら》に顔をうずめた。

気まずく、はずかしく、くやしく思いながら。

姉妹は踊《おど》り場《ば》までやってきた。二人のうち、ジェミラのほうが動揺《どうよう》している。

「クレベールのはだか、しっかり見られた？」とジェミラ。

ザハはひじで、ジェミラの脇腹《わきばら》を軽くつついた。それから二人は、はじかれたように笑いながら階段を駆《か》けおりていった。

9 パンパンくん、ソーシャさんと知りあう

次の火曜日、アリアは昼食が終わると、ルームメイトたちのもとを離《はな》れた。エンゾとまた一対一になるのを避《さ》けたかったのだ。そのエンゾはといえば、〈みんな口に出さなくても、クレベールがいないときには、おれがアホのお守《も》り役だと思ってるな〉と気づいた。

「シンプル？」

シンプルは自分の部屋にいた。ネクタイをしめて、えらくきちんとした格好だ。

「何やってんだ？」とエンゾ。

「なんにも」

いや、シンプルはパパに変装していたのだ。ウサギのパンパンくんが息子で、ピピンが娘《むすめ》。ごっこ遊びというわけだ。

「ちょっと出かけてくるけど、いい子にしてられるよな？」とエンゾ。

「わたしはムッシュー・ミュッチュベンゲンです」

エンゾは不安げな目でシンプルを見た。

「ミュッチュベンゲン？」

シンプルはうなずくと、言いたした。

「息子と娘《むすめ》がいます」

「すばらしい。しっかり育てろよ。一時間ぐらいで帰ってくる」

だれもいない一時間！　冒険《ぼうけん》好きのパンパンくんは、今聞いたことが信じられなかった。

だがドアがバタンと閉まると、その脳細胞《のうさいぼう》が沸騰《ふっとう》しはじめた。

「全部の部屋にいってみようよ！」

シンプルとパンパンくんは、まずコランタンの部屋にいった。そこには携帯《けいたい》電話があったので、ムッシュー・ミュッチュベンゲンになりきっていたシンプルは、上機嫌《じょうきげん》になった。

そして何も言わずに、携帯《けいたい》をポケットに入れた。それからエンゾの部屋にいった。

「ノートだ！」今度はパンパンくんのテンションが上がる。

あの小さなマス目の大きなノートが、ベッドの上にあった。

「ムッシュー・ミュッチュベンゲン、あのかたは物語作家なんです」とパンパンくん。

シンプルはおごそかにうなずくと、ノートを小脇《こわき》にかかえて部屋を出た。だがアリアとエマニュエルの部屋の前にくると、ためらった。

「こいびとさんたち、出かけたと思う？」

パンパンくんは、早朝に聞こえる奇妙《きみょう》な物音をよく覚えていたが、パンパンくんに答えられないことはない。

「こいびとさん、いさんたち、ムッシュー・ミュッチュベンゲンには遠慮《えんりょ》してるね」

そこでシンプルは、堂々《どうどう》と部屋に入っていった。

「テレビ！」

つけっぱなしのパソコンを見て、シンプルは歓声《かんせい》を上げた。

だが近づいてみると、キーボードがある。

「パ、ン、コ、ンだった」シンプルが訂正《ていせい》した。

そしてエンゾのノートを机の上に置いて、すわった。

「パ、ンコ、ン、ちょっとやってみよう」

エマニュエルが、作りかけの講義ノートの画面を閉じていなかったので、シンプルはキーボードをたたくだけであれこれつけくわえられた。そこでいくつかアイコンをクリックして、画面を見てみた。画面はまっ青になって、〈いったい何が起きたんだ？〉と自問しているようだ。こういうときに言うべき言葉を、シンプルは思い出した。

「くそっ、こわれてる！」

パンパンくんが愉快《ゆかい》そうに笑った。

「いけない言葉、言うんだね、ムッシュー・ミュッチュベンゲンも」

シンプルは「しーっ」と言いながら、耳をそばだてた。インターホンが鳴った気がしたのだ。実際、それから二回めのインターホンが鳴った。

「こんにちは、ソーシャルサービスのバルドゥーです」

シンプルはボタンを押《お》して入り口を開け、ソ、ソ、ソーシャさんが踊《おど》り場《ば》に現れるのを待った。

階段を上ってきたマダムは、すっかり息を切らして胸に手を置いている。

「エレベーターは……ハーッ……きらいだもので……ハーッ。クレベール・マリュリさんのお宅は、こちらでしょうか？」

「ムッシュー・ミュッチュベンゲンです」シンプルが自己紹介《しょうかい》する。

「何人かで住んでいらっしゃるのかしら？」

「ルームメイトたちがいます」

言いながらシンプルは、ふっくらしたおしりのこのマダムを通すために、わきへ寄った。

「かたづけの最中でした？」

マダムは、シンプルが手にしているパンパンくんを指して言った。

「わたしの息子です」

「うちの子も、そういう古くて汚《きたな》いぬいぐるみを持ってますよ。それにしても、若いパパね！」

「娘《むすめ》もいます」

シンプルは言いたした。内心、ごっこ遊びの仲間が増えたことに大喜びしている。

「それはすてきだこと……えー、その、マリュリさんはいらっしゃいます?」

そのときシンプルのポケットのなかで、携帯《けいたい》電話がふるえだした。シンプルはびくっとして、つぶやいた。

「電話だ」

「もしもし、コランタン? ママだけど」電話のむこうで声がした。

シンプルはぎょっとした。

〈ママは死んだはず。でもひょっとすると、死んだらこいびと、さんになるのかもしれない?〉

「もしもし、聞こえてる、ウサギちゃん?」

「聞こえてるぅぅぅ!」

パンパンくんの両耳をゆらしながら、シンプルがさけんだ。

「元気?」

「いいお天気です」

「なんか変な声ね、携帯《けいたい》だとやっぱり……」

マダム・バルドゥーは気を使って少し離《はな》れ、リビングを見まわしている。

「あのね、土曜日にそっちへいこうと思うんだけど」コランタンのママが続ける。

アリアとコランタンの両親、ムシャブッフ夫妻は、フランス北西部のパンポルに住んでいて、パリにいる子どもたちにはなかなか会いにこられない。それで子どもたちのほうも、新しいルームメイトに知的障碍者《しょうがいしゃ》がいると知らせる必要もないだろうと判断していた。

「わたしとパパ、リビングで寝《ね》かせてもらえるかしら？」

シンプルはだんだんわけがわからなくなってきた。〈ぼくがどうしてパパを寝《ね》かせなくちゃいけない？〉そこで、自分は今ムッシュー・ミュッチュベンゲンなのだと説明して、わかってもらおうとした。

「シンプルじゃなくて……」

「こんなことがなんで複雑だっていうの！　だったら、はっきり迷惑《めいわく》だっておっしゃい……」

「はい！」

シンプルは、もうこの電話にうんざりしていたので、勢いよく言った。

そしてそのまま切ると、リビングにいるマダムとまた遊ぶことにした。マダムは、ムッシュー・ミュッチュベンゲンは電話に多少いらいらさせられたのだなと察したが、気づかなかったふりをした。

「大丈夫《だいじょうぶ》ですか、マダム？　いいお天気です」シンプルは社交的に言った。

「ええ……でも昨日から、ずいぶんひんやりしてきましたね。あたくし、マリュリさんとお話できます？」

シンプルは、きっぱり首をふった。

「あら？　お留守なのね……じゃあ伝言をお願いできますか？」

〈おっと！　遊びが複雑になってきた〉と、シンプルはまゆをひそめた。

「あたくしのところに、クレベール・マリュリさんのお兄さんのことで連絡《れんらく》がありまして。その……知的障碍《しょうがい》があるということで」

批判的に聞こえないように、マダムは最後の言葉をつらそうに言った。

「ア・ホ」シンプルが言いなおす。

「そうおっしゃりたければ」マダムが冷淡《れいたん》に言う。

彼女《かのじょ》には、このムッシュー・ミュッチュベンゲンとやらがだんだん不愉快《ふゆかい》に思えてきた。

「そのお兄さんは成人に達してますが、未成年の弟さんが面倒《めんどう》を見ているそうで。このこと、ご存じですか？」

マダムの機嫌《きげん》が悪くなってきたようなので、シンプルは、全部パンパンくんのせいにしようと考えた。

「わたしじゃなくて、それは……」

「あなたに責任があるわけじゃないのは、よくわかってます、ムッシュー・ミュッチュベンゲン！　ただ、どうやったらマリュリさんの力になれるか、知りたいと思っているだけで。そういえば、弟さんの名前はクレベールってわかってるんですけど、お兄さんのほうはわからないんですよね」

シンプルは反応しない。

「そのかたのお名前、ご存じないですか？　あなた、ここに住んでるんでしょ！」

これはなぞなぞか、とシンプルは思った。

「コランタン？」

「コランタン」マダム・バルドゥーは、覚えていようとくり返した。

「つまり、こういうことなんです。まずマリュリさんに、コランタンをマリクロワに入れるつもりはあるか、うかがっていただけますか。少なくとも平日。で、週末はコランタンもここへ帰ってくる。これが今のところの解決策だと思うんです。理想的とは言いませんが、最もいいのではないかと。ソーシャルサービスに連絡《れんらく》していただくよう、マリュリさんに伝えてください。これが電話番号で……あたくしバルドゥーを呼んでいただければ」

シンプルは小さな紙切れをポケットに入れると、おもしろくなくなってきたこの遊びはもうやめよう、と決めた。

「息子と遊んできます」パンパンくんを見せながら、彼《かれ》は言った。

「ああ、すみません……息子さんが待ってらっしゃるとは知らなくて。じゃあ、どうぞ」

シンプルはマダムを出口のほうへ、エスコートするというより押《お》しやった。

〈訪問がじゃまだったたってはっきり感じさせる人が、本当にいるものなのね〉

マダムはくやしい気持ちになった。

シンプルがリビングへ遊びにもどると、ふたたび電話が振動《しんどう》した。

「またかよ」

ウサギのパンパンくんが言った。携帯《けいたい》にはすでにストレスを感じている。

「もしもし、コランタンか？」今度は男の声だ。

「なに？」シンプルが、かみつくように答えた。

「なんだ、その口のききかたは。ママが、すごく不愉快《ふゆかい》な受け答えだったたって言ってたぞ。そんなことが通ると思うな。仕送りを打ちきるぞ！」コランタンのパパが言った。

シンプルは仕返しに、電話を切った。そして、せっかく手にした携帯《けいたい》電話もおもしろくなかったので、コランタンの部屋へ返しにいった。


アリアは、エンゾより早くシェアアパルトマンに帰ってきた。そして部屋に入るなり、パソコンの画面が青いことに気がついた。

「またこわれた？」

ぶつぶつ言いながら、マウスをパッドの上で動かしてみる。

そのすばやい手の動きで、小さなマス目の大きなノートが机から落ちた。拾いながら、〈これ、見覚えがある〉とアリアは思った。〈たしか、エンゾがどこにいくにも持ちあるいてるノートじゃない？〉

アリアはノートを開けて、読んでみた。

《エマはすばらしくきれいだ》

エンゾの小説の、書きだしの一文。そこでアリアはまゆをひそめた。

〈なんでこのノートがここにあるわけ？〉

答えはあきらか——アリアがいないあいだに、エンゾが机の上に置きにきたから。

このあいだの花束みたいに、投げかえしてやる——アリアはまずそう思った。でも読まなかったふりをして、ざっと読んじゃうこともできるし、と思いなおした。〈彼《かれ》にはわからないもんね〉

というわけで、アリアは第一章を読みはじめた。削除《さくじょ》の線も多いが、ちゃんと読める。そしてすぐに、エマというのはわたしの分身だ、と気づいた。いらつく。そして少し知的障碍《しょうがい》のあるロレンゾという若者が、エマのことを好きなのだ。おもしろい。アリアは心のなかで、エマとロレンゾを追いかけはじめた。やめられない。そしてベッドに寝《ね》ころがった。第四章、五章、六章……。続きを知りたい。ああそれなのに、物語は手に汗《あせ》にぎらせ、恋《こい》する若者がいよいよこれから、という場面で止まっていた。

アリアは枕《まくら》に頭を沈《しず》めた。じゃあ、エンゾは小説を書いてたのか。ともあれ、才能がある。アリアは第一章を読みかえしてみたくなった。《エマはすばらしくきれいだ》。だが物語はまだとちゅうで、最後はどうなるのかわからない。

そのときエマニュエルの足音が聞こえて、アリアはわれに返った。そしてノートをすばやく枕《まくら》の下に隠《かく》した。

「あれ、もうベッドにいるの？　ぼくが恋《こい》しかった？」

軽口をたたきながら、エマニュエルが入ってくる。

「あなたのパソコン見てよ。死んだみたい」

エマニュエルはキーボードのところへ飛んでいき、アリアはそのあいだに、エンゾのノートをセーターのなかへすべりこませた。そしてだまって返しにいった。

ところがエンゾはリビングにはおらず、部屋のドアをノックしても返事がない。

アリアは部屋に入った。ベッドの上には本と衣類が散らばっている。そこに向かって、彼女《かのじょ》はノートを投げた。

ルームメイトたちも、少しずつ帰ってきた。まずクレベール、それからエンゾ、コランタン。三人とも、自分がいないあいだに何が起きたのか、まるで知らない。

「はい、これ」シンプルは紙切れをクレベールに差しだした。

電話番号が書いてある。

「どうしたの、これ？」

「ソーシャさんが、くれた」

「ソーシャさん？　ここにきたの？」

シンプルはうなずいた。

「で、だれに会いにきたの？」

「ムッシュー・ミュッチュベンゲン」

クレベールはあっけにとられながら、その名をオウム返しに言った。

「じゃあフロアをまちがえたんだな」

この件は管理人に話そうと、クレベールは決心した。ミュッチュベンゲン――ドイツ人かアルザス地方の人の名前みたいな響《ひび》きだ。

「ぼく、こぺこぺ」いきなりシンプルが言った。

「え？　なんだって？」

「ぼく、こぺこぺ」

クレベールの目が丸くなった。

「どういう意味？」

「『お腹《なか》すいた』って意味。クレベールも、こぺこぺ？」

クレベールが答えようと口を開けたところで、さらなる一撃《いちげき》が。

「こんがりんぱ、買った？」

「こんがりん……。なんだよそれ？　なんでそんなしゃべりかたするの？」

「ガイコク語」シンプルが今度は普通《ふつう》に答える。

「ぼく、ガイコク語話してる。こんがりんぱは、カリッとしたパンのこと」

「おいおい、普通《ふつう》にしゃべれよ。ただでさえ、ときどきばかなこと言ってるのに」とクレベール。

「あーらら、いけないばとこ」とシンプル。

クレベールは鼻で笑った。こうなったら勝手にさせておこう。そのうちやめるだろう。

ところが夕食のとき、シンプルはエマニュエルに、こんがりんぱを取ってと言ったのだ。

「なんだそれ？」とエマニュエル。

「カリッとしたパンのことらしいよ」横からクレベールが暗い面持ちで言った。

「へえ？　それ、どこで売ってるの？」と、食べることが大好きなコランタン。

「こんがりんぱ屋さんだろうね」とクレベール。

ところが、みんな追加情報を待っている様子だ。

「シンプルが勝手に言葉を作ってるんだ。それだけ。ほんとの話じゃない」

「へえ、すごいな！　こんがりんぱ！」エンゾが歓声《かんせい》を上げた。

アリアがちらっと彼《かれ》を盗《ぬす》みみた。《エマはすばらしくきれいだ》――そのフレーズが頭から離《はな》れなくて、もうエンゾをまともに見られなくなっている。〈最後には、エマはロレンゾと結ばれるの？〉――そう聞いてみたくてたまらない。

「おれもガイコク語しゃべれるぜ。シンプル、ちょっとりぱりぱだらさ取ってくれない？」

エンゾが言った。

「え？」とシンプル。

「ガイコク語しゃべれるんだろ……」

「しゃべれる。でもそれ、ぼくのとちがうガイコク語」

「りぱりぱだらさは、新鮮《しんせん》なサラダのこと。コランタン、先にりぱりぱだらさを取って、それからおれに、てしたわ」

「オッケー。ぼくにはこんがりんぱをてしたわ」とコランタン。

食事が終わるころ、コランタンとエンゾは涙《なみだ》を流して笑いころげていて、アリアはきつく結んだくちびるににぎりこぶしを当てながらも、思わずふきだしていた。

「よし、それまで。いっときならまあいいが、これ以上続けるのはばかだ」エマニュエルが言った。

「あーらら、いけないばとこ」

コランタンは、上機嫌《じょうきげん》でベッドに入ろうとしていた。〈なんだかんだ言っても、あのシンプルってやつのことは大目に見てやらなきゃなあ〉。時刻は二十二時半ごろ。携帯《けいたい》がふるえた。

「コランタン、ママよ。切らないでね。何か悩《なや》んでることがあるんなら、話しあったほうがいいと思うの」

「は？」

「怒《おこ》らないで。ひょっとして、そっちで女の子といっしょに住んでる？　でもそれならそれでいいのよ」

コランタンのママは、あらゆるケースを考えて、すでに何時間も泣いたのだ。そして心の準備をした。息子から、たとえエンゾと同棲《どうせい》を始めたと告げられても、受けいれるつもりだ。

「だれ、女の子って？」コランタンはむっとした。

「そんな言いかたしないで！　いいのよ。あなたにはあなたのプライバシーってものがあるわ。当然のこと。でも、だからっていきなり電話を切ったりするのは、ちがうと思うの」

コランタンの背筋に寒気が走った。母親が、とうとうどうかしちゃったのか。

「パパ、いる？」ゆっくり聞いてみた。

「ええ、いえ、その……つまり、ママに話してくれていいのよ。もしパパが外にいたほうがいいって言うんなら……」

パパは目の前にいて、外にいくならいくよという合図をした。コランタンはじっと考えてから、口を開いた。

「薬は何を飲んでる？」

ママは、心底おどろいたといった目をしてパパを見た。

「どうした？」パパが小声で聞く。

ママは電話の送話器から口を離《はな》して、同じく小声で答えた。

「薬ですって。薬の話を始めたわ」

パパはついにじっとしていられなくなって、ママの手から電話を引ったくった。

「おまえ、病気なのか？」

コランタンは、自分の住んでいた世界が、いきなり音を立てて崩《くず》れさったような気がした——パパとママは、本当にぼくのパパとママなのか？

シンプルに出会ってからというもの、何もかもが以前とは変わってしまった。タバコを吸わなくなったし、がつがつ食べすぎることもなくなって、運動するようにもなった。コランタンは、もう以前のコランタンではないのだ。

〈じゃあ、ぼくってコランタンじゃないのかも？　ほんとにそういう名前だっけ？〉。こ、んがりんぱのことを思い出して、コランタンは混乱した。そして携帯《けいたい》を切ると、エンゾの部屋のドアをノックしにいった。

「どうした?」

「なんかおかしいんだ」

コランタンは、今のことを話した。

「それって、重度のアルツハイマーだよ、きみのパパもママも」とエンゾ。

「そっか! よかった、ぼくがおかしいんじゃないんだな!」コランタンは明るく言った。


となりの部屋では、アリアが聞き耳を立てていた。エンゾの部屋で、二人の人間の声がする。でもしゃべっていたのはコランタン。じゃあ、どうでもいい。とはいえ、エンゾのことを考えずにいられない。《エマはすばらしくきれいだ》。アリアはそのフレーズを抱《だ》きしめるようにしながら、眠《ねむ》りについた。

翌日、大学から帰ってくると、リビングにはエンゾがいた。長椅子《ながいす》にすわって何か書いている。アリアはどうしようか迷った。そしてドアから顔だけのぞかせた。

「勉強してるの?」

「いいや」

エンゾは赤くなった。心臓がドキドキして、心が走りはじめる。だが彼《かれ》はもうアリアを追いかけないと決心したのだ。かわりに小説のなかで、たっぷり二百ページから三百ページぐらいかけてエマを愛するつもりだ。

「で、最後はどうなるの？」

アリアが大きなノートを示しながら聞いた。

小説を書いていたことを知られても、エンゾはべつにおどろかなかった。日ごろから、インスピレーションを待つ作家みたいなポーズをよく取っていたからだ。

「まだわからない」

アリアは、エンゾから遠くない位置にすわった。

「それ、読んだ」アリアは白状した。

「何を読んだって？」

「《エマはすばらしくきれいだ》」

エンゾは信じられない思いで、アリアを見つめた。

「このノートを……取って、読んだの？」

「あら、そうよ、知らんぷりしたってだめ。あなたがわたしの机の上に置いてったから、読んだだけ」

「おれが？　おれはそんなことしてないよ！」

「いまさら何言ってるの、エンゾ！」

「いやほんとに……」

「とにかく、すごくいいと思った」

エンゾは抗議《こうぎ》するのを忘れた。

「え、そう？」

「すばらしいって言ってもいい。あれは最後まで書くべき」

世界が大きくゆれはじめた。アリアがぼくに関心を寄せている。

「わたしね、あなたはなまけ者で、コランタンに悪い影響《えいきょう》をおよぼしてるって思ってたけど……」

「おれはなまけ者で、コランタンに悪い影響《えいきょう》をおよぼしてる」エンゾが認める。

「でもきみを、るてしいあ」エンゾは言いたした。

「わたしを……？」

「きみをるてしいあ。ガイコク語で『愛してる』って意味だ」

意表をつかれて、アリアは大笑いした。

「もう、ばか」

いきなりやさしくなったその声で、エンゾの全身に鳥肌《とりはだ》が立った。彼《かれ》はアリアの手首に自分の手を近づけると、指先でそっとなではじめた。

「アリア、ねえ、おれたち……」

「だめ。エマニュエルがいる」とアリア。

「エマニュエルがいる」エンゾはおとなしくくり返した。

そして宗教画に描《か》かれた人のように天井を見あげながら、長椅子《ながいす》の背にもたれた。アリアは体の奥《おく》から、大きな波が押《お》しよせてくるのを感じた。そのままエンゾに向かって身を投げだしてしまいそうな波――わけがわからなくなって、アリアは勢いよく立ちあがった。

「じゃ。おじゃましたわね」

足早に部屋から出ていくアリアを、エンゾはただ見つめていた。


「それはおまえさんに、惚《ほ》れとるってことだ」ヴィルドゥデューさんの結論はこうだった。

エンゾがまたも打ちあけ話をしにきたのだ。

「そう思いますか？　いや信じられない……」

エンゾは希望と絶望をいちどきに感じていた。

「エマニュエルはぼくよりずっといいですよね？」

「おまえさんより大人の男だってことは、たしかだ。でも今どきの女の子は、子どもっぽい男が好きなんだろ」

「ジョルジュ、それは女性誌の読みすぎです」

「恋敵《こいがたき》のほうは問題じゃない。問題は、あのアリアだな。あの娘《こ》は自分に惚《ほ》れとるやつと、実際につきあってる男と両方いるのが楽しいんじゃないか？」ヴィルドゥデューさんが続けた。

エンゾは無言でうなずいた。

「あの娘《こ》を嫉妬《しっと》させるといい」ヴィルドゥデューさんが耳打ちする。

チャンスは、その夜にやってきた。マダム・バルドゥーは、ルームメイトたちが共同で使っている電話番号を手に入れていたので、夕食の時間をねらってクレベールに電話してきたのだ。受話器を取ったのはエンゾだった。

「バルドゥーですが、クレベール・マリュリさんをお願いします」

「ああ、ステファニー、きみか。声の感じがちがって、わからなかったよ」

「人ちがいなさってませんか。あたくしはフランソワーズです。フランソワーズ・バルドゥー。ソーシャルサービスの」

「今晩？　うーん、だめだな、もう遅《おそ》いし……」

「クレベール・マリュリさんにかわっていただけませんか！」マダム・バルドゥーが声を張りあげる。

「明日？　いいけど、シェアアパルトマンにはこないでね」

アリアは聞き耳を立てていた。これはエンゾが引っかけた女の子からにちがいない。きっと文学部の子。

〈あの子たちったら、そういうことしか考えてないんだから〉

怒《いか》りにふるえながら、アリアは思った。そのむこうでマダム・バルドゥーは電話を切り、エンゾはひとり芝居《しばい》を続けている。

「わかった、じゃ、ぼくがきみの家に寄るよ。でも長居はできないな、今ちょっと疲《つか》れてるから。じゃあね、チャオ！」

役者としての自分の才能にすっかり満足しながら、エンゾはふり向いた。ところがそのとたん、アリアの険しい視線にぶつかって、即座《そくざ》に後悔《こうかい》した。

「だれ、そのステファニーって？」コランタンが聞いた。

「え、サエない女の子だよ。不細工で……っていうか、美人じゃなくて」

ステファニーなどもうすっかり消しさりたくて、エンゾは大げさに言った。だがアリアの頭のなかには、とびきり魅力《みりょく》的な美女が浮《う》かんでいた。

そのころクレベールは、ソーシャさんの電話番号をわたさなくてはと、ムッシュー・ミュッチュベンゲンをさがしていた。

「あたしはそんなに長くここにいるわけじゃないけど」と管理人さん。

「ミュッシュ、ユマシャンさんなんて人は知らないねえ。ヴィルドゥデューの奥《おく》さんに聞いてみたら？　アルザスのほうにご家族がいるそうだから」

ヴィルドゥデューさんは、今どきミサにきちんといくかわいい若者が訪ねてきたとあって、ご機嫌《きげん》だった。

「ミュッチュベンゲン？」老人は考えこんだ。

「なあイヴェット、きみの二人めのだんなの名前ではないね？」

ヴィルドゥデュー夫人は肩《かた》をすくめた。

「ぜんぜん！　あの人はポンポンっていったのよ。離婚《りこん》の原因は、それ。イヴェット・ポンポンなんて！　でも今のヴィルドゥデューっていうのもねえ」

ここでクレベールは帰ることにした。

「その電話番号に、まずはかけてみたらどうかな」

ドアを出たところで、ヴィルドゥデューさんが言った。

クレベールは、なぜそれを先に思いつかなかったんだろうと思った。

「はい、もしもし」かけてみると、疲《つか》れた声が聞こえてきた。

「あの、こんにちは、ソーシャさんをお願いします」

「こちらにそういう名前の者はおりませんが。どちらのサービスにご用でしょう？」

「サービス？　いや……その……」

クレベールは電話を切った。

「サービス」そしてつぶやいた。

ソーシャさん？　サービス？

「ソーシャルサービス……」

あーらら、いけないばとこ？

10 パンパンくん、耳の不自由な女の子と最高に気が合う

クレベールのなかには、今どきの若者らしいお気楽さもあった。心のどこかで、問題は考えずにいれば自然消滅《しょうめつ》するんじゃないかと感じているのだ。そしてマダム・ソーシャとムッシュー・ミュッチュベンゲンを、〈未解決の問題〉という頭のなかの墓場のようなところに葬《ほうむ》りさったのだった。クレベールには、ほかにもっと大事な問題があった。

というのも、同級生たちの話を聞いているうちに、まだ女の子と深くつきあったことがないのは自分だけだと気づいてしまったのだ。人生において、愛がどれほど大きなものになるかと期待しているだけに、クレベールはいっそう打ちのめされていた。

そしてベアトリスのことばかり考えていた。彼女《かのじょ》は「クレベール」と言いつづける日があるかと思うと、次の日にはその名前さえ思い出せないみたいだったりする。映画にさそってくれたのに、そのまますっぽかされたり、「電話する」と言いながら、してこなかったり。それでもういいやと思っていると、急にかかってきたりする。

クレベールは自分の気持ちをだれかに話したくてたまらないのだが、「ベアトリス」と言ったとたん、シンプルはパンパンを取ってきて、その頭を壁《かべ》に打ちつけはじめる。

絶望的な気分で、彼《かれ》は二年生のときに授業でやったスタンダールの小説『赤と黒』を読みかえしてみた。内気で劣等感《れっとうかん》をかかえていた主人公ジュリアン・ソレルが、どのように行動してレナール夫人と親密になったのか。

〈年は十八、九の青年、整ってはいないが繊細《せんさい》な顔だち……大きな黒い目は、おだやかなときには思慮《しりょ》と情熱をたたえ……〉。ここにメガネを加えればクレベールそっくりになる。

〈ジュリアンは、レナール夫人の耳もとに口を近づけると、彼女《かのじょ》の評判をおそろしく損なう危険もかえりみずに言った。

「今晩二時に、お部屋にうかがいます。少しお話があるのです……」〉

物語の世界に入りこんでいたクレベールは、深夜、レナール夫人の寝室《しんしつ》へいくジュリアンになっていた。

〈数時間後に部屋から出てきたジュリアンは、小説風に述べるなら、もう何も望むものはなかったといえるだろう〉

クレベールは苦しげに、ため息をもらした。

「何やってるの？」シンプルの声がした。

「見ればわかるだろ？　教養を深めてるんだよ！」

ぼくもジュリアン・ソレルのように、運試しをするべきだ。今度の土曜日の午後、ベアトリスは家で数学の試験勉強をすると言ってた。それなら家庭教師をしにいってあげたらどうだろう。でもシンプルはどうする？　エンゾはもう面倒《めんどう》を見たくなさそうだし。

そのとき、クレベールはひらめいた——そうだ、ザハにたのめばいい。


「ぼく、ちょっと買いたい服があるんだけど」クレベールはザハに持ちかけた。「でもシンプルには、店って無理なんだ。土曜日に一時間か二時間、きみの家で預かってもらってもいい？」

「母に聞いてみるわ」

ザハのママは、クレベールに障碍《しょうがい》のある兄がいるとわかって、広い心と家のドアを開くことにした。


土曜日、ザハとジェミラとレイラとマリカが、兄弟をむかえた。

「男はどこ？」

シンプルが、あたりをぐるりと見まわしてから聞いた。

女の子たちは笑いだした。

「ここには女の子しかいないんだ」クレベールが答えた。

シンプルは玄関《げんかん》で、競走前《レース》のウオーミングアップのように、ぴょんぴょんとびはねた。

「女の子、ばか。ここにいたくない」シンプルが言いきる。

「わたし、色鉛筆《いろえんぴつ》持ってるわ。ウサギの絵をいっぱい描《か》いてくれない？」ザハがシンプルに言った。

クレベールは目くばせすると、そっと立ちさった。シンプルはむくれて、レイラとマリカを指さした。

「こ、こん人《ひと》とこ、こん人《ひと》には、ウサギ、描《か》かない」

「『こん人《ひと》』だって。『この人』だよねえ」マリカが、九歳《さい》にしてあざ笑う。

「ガイコク語、しゃべってんだから！」シンプルが怒《おこ》ってさけんだ。

「ちがう、あんたがばかだから！」

「そっちはカバ！」

けんかする声を聞きつけて、ザハのママが玄関《げんかん》に飛んできた。

「ああ、きたのね？　こんにちは……こんにちは、お元気？　リビングへどうぞ」

ママは、シンプルの耳が聞こえないかのように大声でしゃべった。シンプルはぶつぶつ言いながら従った。

「ここの人たち、みんなきらい」

そしてポケットのなかで、パンパンくんの耳をいじった。

「どうやってこの人を見てる？」ママが娘《むすめ》たちを見まわす。

「もう、帰りたい」シンプルが小声でつぶやいた。

うつむき、ふくれっ面をふるわせながら、シンプルはリビングのまんなかにつっ立っていた。クレベールがなぜ自分をこんな女の子だけの家に置きざりにしたのか、わからなかった。

そのとき、小さな駆《か》けあしの音が聞こえてきて、シンプルは顔を上げた。

アミラが入ってきた。耳の不自由なアミラは母親に手話をしながら、かすれた音を喉《のど》から出した。その様子を、シンプルは目を丸くして見つめた。アミラは両目とも手術をしたにちがいないが、今も少し斜視《しゃし》で、分厚いレンズのメガネをかけている。両耳をかざっている機器も、音をかすかにしか拾わない。

アミラはシンプルににっこり笑いかけると、手で「おいで」と合図した。

「おもちゃを見せてあげるって」ママが通訳する。

シンプルは、アミラにぴったりくっついていった。部屋はマリカと共同だ。

「二人を見ててくれる？」ママがマリカにたのんだ。

〈おばかと耳の聞こえない子を見てるなんて、今日はついてない！〉マリカはため息をついた。

部屋に入ると、アミラはふたのついた大きな箱を開けて、お気にいりの仮装用衣装を取りだした。『美女と野獣《やじゅう》』のベルのドレス、アラジンの靴《バブーシュ》、青い妖精《ようせい》の帽子《ぼうし》……どの宝物も、シンプルの瞳《ひとみ》を星のようにかがやかせた。

「きみ、あっちいって」シンプルはマリカに言った。

「ぼく、こ、こん人《ひと》とだけ、遊ぶ」そしてアミラを指さした。

「あ、そう。よかった！」

マリカは腹を立てて、猛烈《もうれつ》な勢いでドアを閉めた。

それからアミラは、自分の宝石箱を開けた。ウサギのパンパンくんはもうがまんできなくなって、両耳をぴんと立てた。

「ヤッホー！」

そして宝石めがけて飛びこんだ。

「金にダイヤモンド！　わーい、ぼく大金持ちだ、大金持ちだ！」

アミラが明るく大笑いした。パンパンくんには天才的な考えがひらめいた。

「みんなで女の人ごっこしようか？」

箱のなかには必要なものが全部そろっている。ママの古いロングスカート、ショールとスカーフ、扇子《せんす》、ピンクの麦わら帽子《ぼうし》、キッチンエプロン……。パンパンくんは赤い三角スカーフで農家の女の子になり、アミラはベルのドレスを着て、シンプルはズボンの上からロングスカートをはき、そこらじゅうに宝石をつけた。

「お化粧《けしょう》もする？」パンパンくんが提案する。

アミラはバスルームにいって、アイブロウとアイシャドーと口紅とチークを持ってきた。

シンプルはクローゼットの鏡の前に陣取《じんど》って、アイメイクする。

「ブルーで」まぶたをぬりながら言う。「それからちょっぴり……」

シンプルはアイシャドー・パレットを見る。

「うんちで」

もう一方のまぶたには、金褐色《きんかっしょく》をぬったのだ。

「口紅、ぬってくれる？」パンパンくんがアミラにたのむ。

アミラはウサギのくちびるに赤いきれいなハートを描《か》き、ブラシにチークをとって頬《ほお》にのせてやった。

「お美しいです、奥《おく》さま」シンプルがパンパンくんをほめる。

「うん、でもぼく、くさい」

アミラは香水のサンプルをコレクションしていたので、それをパンパ

ンくんにすりこんだ。

「ねえ、これ靴下《くつした》にぬれば？　足、くさいよ」パンパンくんがシンプルに言う。

ザハが、シンプルとアミラをマリカが見ていないと気づいたとき、女の人ごっこはすでに相当盛りあがっていた。部屋にかけつけると、二人とも金ぴか衣装にくるまって、化粧《けしょう》品《ひん》をぬりたくっている。あまりにとっぴな光景だったうえ、見つかった二人が罪深そうにしょんぼりうなだれたので、ザハは大笑いせずにいられなかった。

「ぼくじゃない。パンパンくんがやったんです」とシンプル。

「うわー、こんなになっちゃって！」

ザハがさけんだ。ぬいぐるみは、ギトギトした赤い大きなハートですっかり汚《よご》れている。このめちゃくちゃな状態も、ザハは少しずつきれいにしようと決心した。部屋は強いにおいがしていて、アイシャドーは割れ、口紅はつぶれて衣類はしみだらけ。

「アミラ、アミラ、アミラ！」

ザハは手をさかんに動かして、末っ子をしかった。

だがアミラも、パンパンくんを責めて指さした。女の人ごっこをしようと言ったのは、たしかにパンパンくんだったのだ。

そのころクレベールは、男の人ごっこをしていた。

「あれ？」

ベアトリスは、自分のアパルトマンの踊《おど》り場《ば》に、クレベールがいるのを見つけた。

「うん、ちょっと近くにきたから……。数学の復習、いっしょにやらない？」

「うちの親、もうじき帰ってくるけど」あいまいなほほえみを浮《う》かべて、ベアトリスは言った。

これは二つの意味に取れた。一つはクレベールのたくらみに好都合な意味。ベアトリスは今、一人なのだ。もう一つは警告めいている。一人でいるのは、そう長い時間ではないのだ。

「あたしの部屋、見たい？」

クレベールはうなずきながら、肩《かた》をすくめた。両方合わさると、「いいんじゃない？」の意味。

ベアトリスの部屋は、すべておしゃれでかわいい家具ブランドのものでそろえられていて、明るいパイン材の小さなベッドに小さなライティングビューロー、小さな本棚《ほんだな》がある。見まわすうちに、クレベールは自分が巨人《きょじん》になったみたいな気分がしてきた。

「どう？　この部屋」とベアトリス。

「うん……その……」

クレベールは、はっきりしない表情で顔をしかめた。なにしろ頭のどこかで、天蓋《てんがい》つきの大きなベッドや暗い色のカーテン、分厚いじゅうたんを――つまり、小説『赤と黒』に出てきた午前零時《れいじ》過ぎのレナール夫人の部屋を、思い描《えが》いていたのだから。

「先生が出した数学の問題、あたし一つもわかんなかった」

数学のファイルを出しながら、ベアトリスが言う。

クレベールは問題文を読むふりをしながら、ベアトリスの肩《かた》に自分の肩《かた》を寄せ、腰《こし》に腕《うで》をまわした。

「ねえちょっと。勉強しにきたの？　それともナンパしにきたの？」

クレベールは含《ふく》みのある笑いかたをした。

「両方できないかな？」

ベアトリスは少し体を離《はな》した。クレベールを警戒《けいかい》しはじめている。それが逆に、クレベールに自信を与《あた》えた。男として意識されているのだ。

「もうじき親が帰ってくるから」

「それはさっき聞いた」

クレベールはほほえんだが、時間をむだにしないよう、前から触《ふ》れたかったベアトリスの体に両手を置いた。

「やめてくれる？」

「きみが好きだ」とても低い声で、クレベールは言った。

そしてベアトリスを抱《だ》きしめた。ベアトリスはちょっと抵抗《ていこう》し、それからキスされるがままになった。クレベールは頭に血が上った。〈受けいれてくれてる、受けいれてくれてる！〉それから急に、今度は自分が抱《だ》きしめられるのを感じた。ベアトリスはクレベールに体を押《お》しつけてくる。

ジュリアン・ソレルは、この後どうしたんだっけ？　あの小説には、はっきり書かれてはいなかった。たぶん、レナール夫人をベッドに横たわらせたんだろう。

クレベールは、ベッドがやや遠くてかなりせまいのを見てとった。とすると、じゅうたんの上に横たわらせるか、壁《かべ》に頭をもたせかけるか。

ところがここで、小説風に述べるなら、もう彼女《かのじょ》がほしい状態ではなくなってしまったのだ。それでクレベールのほうが、ベアトリスを押《お》しやった。

ベアトリスはうなじに両手を入れて、髪《かみ》を持ちあげた。ふうっ。ほんとにかーっときた。それから何をやってるのか自分でもわからずに、ペンや紙をさがしはじめ、教科書を開け、そして閉じた。

「じゃ……復習、続けて」クレベールも口ごもりながら言った。

だがこのままでは帰れない。とにかくベアトリスという一つの山に、多少なりとも登ったしるしとして、小さな旗を立てなくては。

「怒《おこ》ってないよね？」

クレベールはベアトリスの首に息を吹《ふ》きかけた。

「もう……。それしか考えてないんだから」

この言葉は、クレベールには心地よく響《ひび》いた。自分は、子どもあつかいされてはいないのだ。

「きみが好きだ」クレベールは、思いきり男っぽく言った。

だが今度は抱《だ》きしめようとはしなかった。何事もやりすぎはいけない。

彼《かれ》はベアトリスのアパルトマンを出た。自分に不満ではなかったけれど、一時間も格闘《かくとう》していたかのようにくたくただ。

通りに出ると、クレベールは深く息を吸って、吐《は》いて、吸って、吐《は》いた。そして落ちつくまでじゅうぶん時間を取ってから、ザハの家に向かった。

「何買ったの？」ザハが聞いてきた。

「買った？　ああ、そうそう、買った！　いや、なんにも。最低だった」

ザハは疑わしそうに、じっとクレベールを見た。クレベールは赤くなった。

「シンプルはどうしてた？」

「アミラと最高に気が合ってね」

クレベールがアミラの部屋に入っていくと、ドライヤーによるパンパンくんの乾燥《かんそう》が終わるところだった。

「全部は取れなかった。口紅」シンプルがクレベールに言った。

おかげでパンパンくんは、血に染まった口で笑っているみたいな顔だ。

「あーあ」クレベールはつぶやいた。

彼《かれ》はザハとお母さんにお礼を言ってから、シンプルをチュイルリー公園に連れていった。公園の池に浮《う》かぶ、おもちゃのヨット。遊ぶ子どもたち。そんな光景を眺《なが》めているうちに、なぜだかわからないまま、クレベールは泣きたくなった。


クレベールとシンプルが公園をのんびり歩いているころ、アリアとエマニュエルは勉強していた。一人はベッドの上で。もう一人は机に向かっている。だがアリアはときおり、エンゾが帰ってきたかどうか耳をすましている。

「今インターホン鳴らなかった？」エマニュエルが聞いた。

でも、椅子《いす》に根を下ろしたように動かないので、アリアがため息をつきながら立ちあがった。

「パパ？　ママも？」エレベーターから出てきた二人を見て、アリアはおどろいた。

パパとママは、まるでお葬式《そうしき》みたいに悲痛な顔つきで、娘《むすめ》にキスした。

「コランタンに電話したんだが。かけるたびにムッシュー・ミュッチュベンゲンとやらが出て、雨だの晴れだの言って」とパパ。

「番号まちがえたんじゃない？」とアリア。

「それがまちがえてないのよ。だからパパもわたしも、コランタンの具合がひどく悪いんじゃないかと思って」ママも打ちひしがれた様子で言う。

アリアはびっくりしてママを見つめた。

「ちゃんと話してくれないか！」パパはいらだっている。

「しーっ、あの子、そのへんにいるんじゃない？」ママが声をひそめる。

「出かけてるけど」とアリア。

「でもコランタンのどこが具合悪いって？」

「自分をムッシュー・ミュッチュベンゲンだと思ってるんだ」

コランタンは携帯《けいたい》電話で乱暴に話しはじめたと、アリアのパパは説明した。

「だからルームメイト共同の電話でアリアと話したかったんだが、切られちまった。おまえに知らせることもはねつけて、機械みたいにしゃべってな。なんだか人が変わってしまったみたいで」

ママがすすり泣きをもらしはじめた。電話に出たのはシンプルにちがいないとアリアにはわかったが、両親は二人とも、コランタンが携帯《けいたい》でおかしな受け答えをしたのだと言って聞かない。話がややこしくなってきた。

「何も気づかなかった？」とアリアのママ。

アリアはすぐに首をふったが、それから何か思い出したように身動きしなくなった。

「どうしたの？」

「ううん、べつに……コランタンはタバコをやめたのよ。それだけ。で、太るかわりに
——今まではそうだったんだけど——やせたの」

「やせた！」

ママがさけんだ。このニュースで動揺《どうよう》の極致《きょくち》に達したようだ。

「だいぶやせたのか？」

パパも「だいぶ」に悲劇的な重みをこめて聞く。

「四、五キロかな。でもそれで調子よくなったのよ。前はちょっとぶくぶくしてたから
……あ、またインターホン」

アリアがインターホンのボタンを押《お》すと同時に、声が飛びこんできた。

「バルドゥーです」

マダムは攻撃《こうげき》的になっていた。このシェアアパルトマンの住人たちは、どうもおかしい。

しかも上ってきてみたら、三人もの人間が入り口に群がっているではないか。

「こんにちは」マダムはとげとげしくあいさつした。

「ソーシャルサービスのバルドゥーです。コランタンの入所の件でまいりましたが、この件、ご存じですか？」

「なんてこと！」ママが両手を組みあわせて嘆《なげ》いた。

「なんのお話でしょう？」アリアはマダムに聞いた。

「お会いするのは初めてですね、お嬢《マドモワゼル》さん。コランタンの件について、あなたに詳細《しょうさい》をお話する必要はないかと」

忍耐力《にんたいりょく》の切れたマダムが、アリアに言いかえした。

「いや、われわれは家族なんですよ！」パパが抗議《こうぎ》する。

そのときドアの鍵《かぎ》がまわる音がして、クレベールが入ってきた。後ろからシンプルがついてくる。

「人、多すぎ」

シンプルは文句を言いながら、行く手をさえぎっている人たちをかきわけた。

「人を押《お》しのけるんですか、ムッシュー・ミュッチュベンゲン」マダムが、冷たい声で言った。

「ぼくはシンプルです」

「シ、シンプルであることと無礼であることはちがうでしょう！」マダムはぴしゃりと言った。

「ちょっと、ちょっと！」パパがさけんだ。

「どうしてこの人をムッシュー・ミュッチュベンゲンと？」

「それがこの人の名前だからです」とマダム。

クレベールはしだいに不安を覚えながら、マダムを見つめていた。マダムもそれに気づいた。

「万が一と思っておたずねしますが、クレベール・マリュリさんですか？」

「はい」

マダムはさけび声を上げた。

「とうとう！　で、コランタンはいっしょではないの？」

「ええ……」

「なんの見守りもしてないんですか？」

「どうしてぼくがコランタンを見守らなきゃいけないのか、わかりません」クレベールはびっくりして答えた。

「いえ、責めてるわけじゃありません。まだ若いんですものね」言いながらも、マダムの視線はきびしい。

「とはいえ、やっぱりそれは無責任でしょう。どこにいるんですか？」

「コランタンが？　でもぼく……ぼく、ほんとにぜんぜん知らないんですけど」クレベールは早口で言った。

「いなくなったの？」ママがとり乱《みだ》した。

そのとき、また鍵《かぎ》がまわった。エンゾか、それとも……。

「コランタン！」

アリアとパパとママとクレベールが、いっせいにさけんだ。

コランタンは、思わず後ずさりした。

「ドアを閉めて！　ウサギみたいににげちゃうかもしれないから……」マダムが命じた。

「ヤッホー！」マダムの後ろで声がした。

肩《かた》に何かがそっとのったようだ。それでふり返ってみて、とびあがった。長い二本の耳が頰《ほお》に触《ふ》れてくる。マダムは一歩離《はな》れると、ぬいぐるみを動かしているムッシュー・ミュッチュベンゲンをまじまじと見た。

「だーれだ？」彼《かれ》は楽しげにマダムに質問する。

「パンパンくん！」コランタンが大声で答えた。

〈全員どうかしてる〉マダム・バルドゥーは、心のなかでつぶやいた。

クレベールが、シンプルは知的障碍《しょうがい》がある自分の兄だとはっきりさせると、ムッシュー・ミュッチュベンゲンのなぞも解けた。楽しくもばかばかしい架空《かくう》の人物だと、みんなにわかったのだ。コランタンのママも、シンプルがでたらめに答えていただけで、悪気はなかったのだと理解した。

「だけど、携帯《けいたい》でわたしと話したのは、あなた？」ママが息子に食いさがった。

コランタンは、シンプルをじっと見た。

「ぼくじゃありません。パンパンくんがやったんです」とシンプル。

マダム・バルドゥーは、帰りぎわ、次の土曜日にクレベールとまた会う約束をした。

「一人でくるようにしてください。お兄さんといっしょではなくて。そのほうが、落ちついてお話できるでしょうから」

11 パンパンくん、ふたたびマリクロワへ

次の土曜日、クレベールはシンプルをまたザハの家に預けた。小さなアミラがドアのかげで待っていて、大好きな友だちがきたのを見つけると、とびはねて喜んだ。シンプルも、まるで耳から耳へハンモックをつったみたいに口を大きく開けて、ほほえんだ。

「この子たち、気が合うのよねえ。いったいどうやって通じあってるんだろう」ジェミラが言った。

アミラは首をかしげて、シンプルのポケットを指さした。シンプルはポケットに手をつっこむと、パンパンくんを取りだした。

「ヤッホー！」

その様子を見て、クレベールとザハは愉快《ゆかい》そうに顔を見あわせた。

「じゃ、ぼくはいかなきゃ。二時の約束なんだ」クレベールが言った。

マダム・バルドゥーは、スチール製の家具に囲まれた小さな事務室で、クレベールを待

っていた。

「おすわりください、マリュリさん。一人でこられてよかったわ。本当に、毎日毎日大変でしょう！」

マダムがあまりに同情して見つめるので、クレベール自身、なんだか自分がかわいそうに思えてきた。

「まあそうですね、毎日が楽しいってわけじゃないです」

「すばらしい弟さんねえ。普通《ふつう》、あなたの年でここまでのことは望めないものだけど……」

〈ソーシャルサービスが、ぼくに勲章《くんしょう》でもくれるのかな〉とクレベールは思った。

「でも自分のことも、少しは考えないと。将来によくない影響《えいきょう》があるようでは、犠牲《ぎせい》的精神もいきすぎというものです」

知的障碍《しょうがい》のある兄というものは、女の子に声をかけるときの切り札にはならないけれど、かといって、クレベールはそこまで深刻に考えているわけではない。

「もちろんエゴイズムを推奨《すいしょう》するわけじゃありませんが、何事にも限度というものがあるでしょう」

マダム・バルドゥーはまわりくどい言いかたが好きらしく、話の核心《かくしん》にたどりつくまでたっぷり十分かけた。

「マリュリさんが――あ、お父さまのことですけれども――シンプルを、つまりバルナベを、もういちどマリクロワに入所させられるかどうか検討してほしいと言ってこられましてね」

なかばうわの空でため息をつきかけていたクレベールは、ぎょっとして目がさめた。

「マリクロワに？」

「ええ、もちろんあたくしも……」

マダムはクレベールのあらゆる反対を封《ふう》じこめるように、手を広げた。

「もちろんあたくしも、あの施設《しせつ》への反対意見をあなたが述べたことは知っています。でも所長がかわったばかりで、過去の方針への批判については――たとえば過剰《かじょう》投薬とかですけれども――ほかのやりかたを受けいれて……」

説明が頭に入ってこないまま、クレベールはまたもまぶたが重くなってくるのを感じた。

「というわけであたくしは、バルナベの法律上の責任者であり保護者であるお父さまとの合意のもとに、平日月曜から金曜までの入所をおすすめします。お兄さんをむかえにくるのは、金曜の夜でも土曜の朝でも、あなたの都合のいいときでかまいません。マリクロワまでは、高速鉄道《RER》に乗ればそう遠くはありませんね」

これが何週間か前だったら、クレベールはこうさけんでいただろう。

「ありえません、マリクロワは！」

だが、クレベールも疲《つか》れていた。そしてマダム・バルドゥーの言うことも、自分へのほめ言葉がたくさんちりばめられていただけに、もっともかもしれないという気がしてきたのだ。

「それじゃ、日曜日にお父さまがバルナベを車でむかえにいって、そのままマリクロワへ連れていくということで」マダム・バルドゥーが話をしめくくった。

面談は終わり、クレベールはマダムと握手《あくしゅ》した。こうして、シンプルとウサギのパンパンくんの運命が決定づけられたのである。


「それで、どんな話だった？」ザハが聞いた。

クレベールはたいして関心がないかのように、肩《かた》をすくめた。

「平日は、シンプルをマリクロワに入れたらどうかって」

「で、断った？」当然のように、ザハは言った。

「ううん」

二人とも気づまりになって、だまりこんだ。

「シンプルはアミラと、すごく楽しそうに遊んでたわ」とザハ。

「二人で、どっちが上手にウサギの絵を描《か》けるかって競争してたのよ……」

ザハに非難されている気がして、クレベールはいやな気分になった。

その晩、リビングにシンプルがいないときを見はからって、クレベールはルームメイトたちに、ソーシャルサービスがくだした決定を話した。

「それ、シンプルは知ってるの？」エンゾが聞いた。

「まだ」

「反対できなかったの？」

「父が……保護者だから」

クレベールは、はずかしさでいっぱいになった。反対しようと思えばできたのだ。

「金曜の夜にむかえにいって、週末はぼくが面倒《めんどう》を見る」声がふるえる。

「きみの学業のためには、それがいい。彼《かれ》がいつもそばにいたら、きみも人生設計ができないだろう。シンプルにしても、自分だけの場を持ったほうがいいな。マリクロワにいけば専門の先生たちがいるし、知力の面でも刺激《しげき》になる。ここじゃあ、なんの成長もできない」エマニュエルがはげました。

クレベールはうなずいて、感謝の気持ちを表した。

「ちょっと待て、それはめちゃくちゃだ！　シンプルがマリクロワで楽しく遊んだ話を、聞いたことがあるか？　あそこをひどく怖《こわ》がってるじゃないか！」エンゾがさけんだ。

クレベールは両手で顔をおおった。

「ばかめが」エマニュエルがエンゾをにらみつけて言った。

「おまえがシンプルの面倒《めんどう》を見るのか？」

「べつに見てもいいさ！　でもそうじゃなくて、シンプル自身の話をしてるんだ」

「じゃあ面倒《めんどう》見るんだな？　最近、クレベールがいないときにみんなが彼《かれ》を押《お》しつけてくるのはもういやだとか、言ってなかったたっけ？」

二人は正面からにらみあった。

「殴《なぐ》りあったりするなよ」コランタンがあいだに入った。

アリアはエマニュエルを落ちつかせようと、彼《かれ》の腕《うで》に手を置いた。エマニュエルはそれに応じることを目で知らせたが、顔は怒《いか》りでこわばっている。

「何けんかしてるの？」

寝《ね》たと思ったシンプルが、急に現れて、場の緊張《きんちょう》がゆるんだ。

「なんでもないのよ。男の人って、なんでもないことですぐけんかするのよね」とアリア。

「きみをマリクロワに入れるって話だ」エンゾが言った。

アリアがその肩《かた》にパンチを浴びせた。

「いいかげんなこと言わないで！」

「いいかげんなこと？」エンゾは引かない。

「ぼく、マリクロワにいかないよね？」シンプルが目で弟にたずねる。

「今は……今はね」クレベールは早口で口ごもった。

「じゃ、後で？」

「うん」

「十二年後？」

「もう……もうちょっと前」

「再来週《さらいしゅう》の月曜からだ」

エンゾがはき捨てるように言って、アリアから新たなパンチをくらった。

「エンゾを、殴《なぐ》っちゃ、だめ」シンプルが言った。

コランタンはたまらなくなってきた。これまで、こんなにつらい場に居あわせたことはない。

「パンパンくん、マリクロワにいきたくない」とシンプル。

「ぬいぐるみだって、わかってるでしょ」アリアが諭《さと》した。

シンプルは首をふった。

「パンパンくん、窓から飛びおりる」

自殺すると言っているのだ。コランタンがもう耐《た》えられなくなって、リビングを出ていった。部屋で思いきり泣くために。

エマニュエルがクレベールに近づいて、小声で言った。

「気にするな。あの手の場所では、窓に必ず鉄格子がはまってる」

冷静でありながらも冷酷《れいこく》なこのアドバイスに、クレベールは、あぜんとした。アリアはシンプルの手を取って、廊下《ろうか》に連れていく。遠ざかっていくその声を、クレベールは聞いていた。

「ね、ほんの何日かのことなの。ちょっとマリクロワにいって、そしたらすぐ、もうここに帰ってきてる。クレベールが高校でしっかり勉強できるようにするためよ。クレベールのこと、好きでしょ？」

エマニュエルがクレベールの肩《かた》を、ぽんぽんと力づけるようにたたいた。

「大丈夫《だいじょうぶ》、うまくいくさ。彼《かれ》がしたいことときみがしたいことのあいだで、いいバランスを見つけないとな」

エンゾは二人に背中を向けて、窓の外を見にいった。

だれもがそれぞれ思いをかかえ、それぞれ胸を痛めていた。


それからは、特に問題もなく毎日が過ぎていった。クレベールはマリクロワについて、シンプルに話した。そしてカレンダーを見せ、月曜から金曜までの毎日にバツじるしをつけた。

「土曜日と日曜日はここに帰ってきて、チュイルリー公園へ散歩にいったり……」

「アミラに会う？」

「アミラに会う」クレベールはうなずいた。

エンゾが本当のことを言ったのは、正しかった。シンプルには真実をシ、ン、プ、ル、に伝えるべきだったのだ。

だがみんなの前でエマニュエルと対立してから、エンゾはルームメイトたちを避《さ》けていた。そしてソルボンヌの図書館ににげこんで、小説の続きを書いた。アリアのことを考えるときには、思わず深呼吸した。これからの章で、エマとの大切なシーンを書くのだ。

クレベールは高校で、ザハを避《さ》けていた。

「週末にはお兄さんがもどってくるなんて、ばかみたい。それじゃデートできないじゃない。で、その先のことも」ベアトリスはそう言った。

もしシンプルが週末もときどきマリクロワで過ごしてもいいと言ってくれたら、「その先のこと」ができるのに、とクレベールは思った。

日曜日がきて、クレベールはシンプルの荷物をまとめなくてはならなくなった。でもそれには問題が多すぎる。フィギュアを全部入れるべきか？　時代軍のフィギュアたちは？

ピトスルは？　ジャージのほかに、衣類は何を入れたらいい？　変装をするのは許されないだろうな。

　クレベールは部屋のまんなかで、ぼうぜんと立ちつくしていた。

　それから、ともかくスウェットから手をつけて、たたんでは戸棚《とだな》のなかに積んでいった。コランタンのライターを見つけたのは、そんなときだ。クレベールはおかしなことに、少しほっとした。シンプルが実際に危険だという証拠《しょうこ》のように思えたからだ。これで心のなかのモヤモヤが晴れたような気もした。クレベールはおもちゃ類を大きな袋《ふくろ》に入れ、ムッシュー・ミュッチュベンゲンのスーツもたたんだ。

「クレベール、旅行、いくの？」

　シンプルが部屋に入ってきて、聞いた。

「ちがうよ、いくのはシンプルだ。前に言っただろ……」

　シンプルの顔が引きつった。

「今日じゃない？」

「今日だ。ほら、おもちゃをかばんに入れたよ」

「それ、ぼくのかばん？」

　シンプルはうれしくなったようだ。取っ手をつかんでかばんを持つと、鏡を見てうっとりしている。

「ムッシュー・ミュッチュベンゲンが、旅行にいきます。行き先は、行き先は……」

シンプルはそこでパニックになって、あえいだ。

「……マ、ル、ジ、ャ、ブ、イ、ヤ、です。これは、ガイコク語」消えいりそうな声で言った。

クレベールも、このときガイコク語を話せたらと思った。そしてガイコクで生きていけたなら……。


二人の父マリュリ氏は、夕方遅《おそ》くにやってきた。息子たちに会うのは二か月ぶり、いやそれ以上だ。

「パパです」

シンプルは、紹介《しょうかい》が必要だと判断したかのように、クレベールに言った。

マリュリ氏が息子たちにあいさつのキスをする。

「毎週末は無理だよ。マチルダが妊娠《にんしん》七か月だからね……」早速予防線を張る。

「かばんは、それ？」

「うん。でも、考えたんだけど……」とクレベール。

「何も考えるな。おまえは考えすぎてる。それでどうなるか、もうわかっただろう。ふりだしにもどるだけだ。で、しばらく空きがなかったんだからな、あの、あの……マ、シ、ャ、ンとかいう施設《しせつ》には」

「マリクロワ」クレベールが訂正《ていせい》する。

「ギャン、ギャン、ギャン」

怒《おこ》っている声の調子を、音だけにしてシンプルがまねした。

マリュリ氏は、その声に一瞬面食《いっしゅんめんく》らったようだ。だが、そのままかばんをつかむと、早くこの面倒《めんどう》な雑用を終わらせようと急いだ。クレベールは通りまで、シンプルについていった。

「パパの車です」とシンプル。

「パパはトランクにかばんを入れます。パパがドアを開けます。鍵《かぎ》を持ってます、パパは」

まるでパパが偉業《いぎょう》を成しとげようとでもしているみたいに、小声で伝えつづける。クレベールは、シンプルが最後の瞬間《しゅんかん》に泣いたり暴れたりするのではないかと気をもみながら、そっとその様子をうかがっていた。

「ぼくが前？」シンプルが聞く。

「ああ、前に乗れ。でもなんにもさわるな」

あいかわらず理解のない上から目線で、マリュリ氏が言う。

でもシンプルは満足そうだ。

「じゃあ金曜日に」クレベールがシンプルに声をかけた。

「ぼくがむかえにいくからね。わかった？」

「前に乗ります」

シンプルは、それ以上に大切なことはないというように、クレベールに答えた。

そしてクレベールにキスもせず、助手席にすわった。

「どれもいじっちゃだめだぞ！」マリュリ氏が不機嫌《ふきげん》そうにまた言う。

「じゃ、いくから。金曜日はなんとかなるな？」

ドアミラーの調整に集中しているふりをしながら、息子に聞く。

「なんとかなると思う」クレベールが答えた。

それからふり返ることなく、クレベールは建物にもどった。そして鍵《かぎ》を閉めたとたん、シェアアパルトマンは、重苦しい空気におおわれた。


夕食のテーブルは、暗く沈《しず》んだものとなった。

「シンプル、かわいそうだったな」コランタンがぽつりと言った。

「それでもあの場を明るくしてさ」

エンゾはすわったばかりだったが、立ちあがるとリンゴとパンを取って、そのまま自分の部屋にいってしまった。ほかの学生たちも、早々《そうそう》に自室へ引きあげた。

「コランタンの言ったとおりだ」エマニュエルがアリアに言った。

「ここには明るい雰囲気《ふんいき》がもうない。そろそろ出ていかないか？」

「出ていく？　どこに？」

「ワンルームを借りればいい。二人で」

エマニュエルは少し前からそう考えていたのだが、アリアは、初めて聞く話だったので簡単に断れると思った。

「お金ないでしょ」

「ぼくの両親が援助《えんじょ》してくれる」

「ほんとに？」

エマニュエルは、さりげなさを保とうとしながらこう答えた。

「うん、結婚《けっこん》するって言えば」

アリアは電気ショックでも受けたかのように身震《みぶる》いした。だが小さく笑って、本心を見せまいとした。

「もう、まったく！　まだ早すぎるんじゃない？」

「ぼくは二十五だ。で、きみを愛してる」

エマニュエルは目でアリアに返事を求めた。

「ええ、わたしもよ。でも……でも、まず大学をちゃんと卒業しなきゃ。それにコランタンもいるし……」

エマニュエルは〈エンゾもな！〉と、どなりたいのをなんとかこらえた。

「ああ、そりゃそうだ。すぐに返事してくれとは言わない。よく考えてみる？」

アリアは「ええ」とつぶやいて、とてもやさしい顔をしてみせた。だが眠《ねむ》りにつこうとしたときには、閉じたまぶたの裏に言葉がいくつか浮《う》かびだし、やがて一つの文になったのだ。

《エマはすばらしくきれいだ》

月曜日、クレベールは鳥かごからにげた小鳥のように、自由な気分だった。火曜日、自由をまだゆっくり楽しんでいた。水曜日、ベアトリスに電話した。シェアアパルトマンに立ちよるように説得したかったのだが、彼女《かのじょ》は抵抗《ていこう》した。クレベールは笑いながらもいらだった。「じゃ、また電話する」と言って切ろうとしたら、ベアトリスもひるんだ。けっきょく二人はシェアアパルトマンで、午後をいっしょに過ごした。

木曜日、クレベールは気持ちが落ちこんでいるのに気がついた。父親に電話して、シンプルがどうしているのか聞きたかった。マリクロワに着いたとき、シンプルはどうふるまったのだろう？　かばんを持って、うっとり鏡を見ていたシンプルの姿がよみがえる――。

クレベールの目に涙《なみだ》があふれた。シンプルは、ごっこ遊びをしていたのだ。ムッシュー・ミュッチュベンゲンになるというごっこ遊びをしていただけなのだ。

「パパ？　クレベールだけど。うん、ちょっと聞きたくて……シンプルがどうしてるか、連絡《れんらく》もらってる？」

「明日会うんだろ？」

「そうだけど、大丈夫《だいじょうぶ》だった？　日曜日は」

電話のむこうに沈黙《ちんもく》が広がった。

「パパ？」

「はいはい、聞こえてるよ。何を知りたいっていうんだ？　あいつは大さわぎしたんだよ、まったく！」

クレベールは膝《ひざ》がガクガクしてきて、思わず椅子《いす》に腰《こし》を下ろした。

「そう？」

「そうだよ！」マリュリ氏が声を荒《あら》らげた。

「マリクロワで、むこうはていねいに説明してくれたんだ。あの子は行動のしかたを忘れてるから、再適応させなくちゃならないってな。おまえがあんな思いつきで……」

「シンプル、何したの？」

「だから言っただろう、大さわぎだ！　さけぶわたたくわ、にげだそうとするわ、何人もで取りおさえなきゃならなくなって」

それ以上、クレベールは聞いていられなかった。

金曜日は悪夢のようだった。時間の進みかたが、速すぎると同時に遅《おそ》すぎる。シンプルを早く解放してやりたいのだが、一対一で会うのが怖《こわ》い。

授業が終わると、クレベールはベアトリスを待たずに、まっ先に教室を出たザハを追いかけた。

「ザハ！」

ザハがふり向いた。

「ザハ」クレベールはもういちど呼んだ。

週の最初から、彼《かれ》はザハを避《さ》け、人目も気にせずベアトリスといっしょに行動するようになっていた。おかげでみんな、ちょっと嫉妬《しっと》しながらも、二人を「マリュリ夫妻」と呼ぶようになっている。

「これからシンプルをむかえにいくんだ」

「明日うちに預けたいの？」ザハが無表情な声で聞いた。

「うん、いや、ちょっと。いっしょに歩いていい？」

二人はだまって歩きつづけた。だがザハは、だまっている人の心のうちを聴《き》くことができたのだ。

「シンプル、どんなふう？」

「だめ」

クレベールはザハの手首をにぎった。ほかにどうすればいいのか、もうわからなかった。

「一人でむかえにいくのが怖《こわ》い」

ザハにはわかった——クレベールはわたしを必要としてる。

「いっしょにきてくれないかな？」

ザハはこう答えてもよかったはずだ——どうしてベアトリスにたのまないの？

または、こう——母に聞いてみる。


二人はRERに乗った。車窓の景色が移りゆくなか、二人はアミラの話をした。どんな学校にいっているのか、成果があるのか、本人も気にいっているのか、クレベールは知りたかったのだ。だが降りる駅が近づいてくると、口を閉じた。

「道はわかると思う」ホームでクレベールは言った。

道はすぐにわかった。後ろ脚《あし》で立つ馬たちの石像がある大きな池、はるかに続く並木道、そして坂を上るとマリクロワだ。

クレベールがインターホンを鳴らした。ザハは、扉《とびら》のむこうにだだっ広くて静かなエントランスホールが広がっているのを見て、おどろいた。そこを何人かが急ぎ足で通っていく。まるでホテルのようだ。「受付」という標示板の下に、女の人がいた。

「マリュリです」クレベールが名乗った。

「そうですか？」

「週末なので、兄をむかえにきました」

女の人は、まるでクレベールの言うことを信じていないみたいに言った。そして名簿《めいぼ》に視線を落とした。

「そうですね」

クレベールの言ったとおりだったのがまるで残念なように、女の人は冷淡《れいたん》に言った。

「一一二号室です、二階の」

クレベールは階段で上っていくことにした。過去の栄華《えいが》の名残のような、白い大理石の階段だ。一人の人が急ぎ足で上っていき、別の人がやはり急ぎ足で下りてきて、何も言わずにすれちがう。

廊下《ろうか》に出ると、壁《かべ》にしがみつくように伝い歩きをしている非常に高齢《こうれい》の女性が、とつぜんザハに声をかけた。

「お嬢ちゃん《マドモワゼル》、あたしの母が部屋にいるのよ」

「あなたのお母さまが？」ザハはおどろいた。

「いるのはいいんだけど」と、そのおばあさん。

「死んでるのよ」

クレベールはザハの腕《うで》を取ると、小声で言った。

「あの人、少しおかしいんだ」

そのとき廊下《ろうか》のむこうから声がした。このフロアの監督者《かんとくしゃ》だ。

「シャボンさん！　またお部屋を抜《ぬ》けだしたのね！　お母さまに言いつけますよ」

クレベールは足を速めて、一一二号室の前までいった。ノックをして耳をすますが返事がない。そこでドアを開けて、なかに入った。

「人だ！」

年齢不詳《ねんれいふしょう》の男の人がさけんだ。もうパジャマに着がえている。

「すみません、教えてもらった部屋番号がちがってたみたいで……」

「人だ！　人だ！　人だ！」

自分の頭を何度も殴《なぐ》りながら、男の人は言いつづける。

クレベールはザハを部屋の外に押《お》しやった。

「今の人も、少しおかしい」

それから受付に急いでもどった。

「兄は一一二号室にいませんが」

「そうですか？」

クレベールが言うことをまた疑いはじめたように、女の人が言う。そしてふたたび名簿《めいぼ》に視線を落とす。

「ああ、ちがいました、二一二号室です。急いでください、もうじき閉館ですから」

クレベールは彼女《かのじょ》にひとこと言いかえすかわりに、深く息を吸いこんだ。

三階では廊下《ろうか》を照らす常夜灯が、すでに一つしかついていなかった。まだ十九時だというのに深夜のようだ。マリクロワの入所者たちは、十八時に夕食をとる。だからこの時間には、もうベッドに入っているのだ。

二一二号室の前までくると、クレベールはドアを細めに開けた。シンプルがいた。ベッドの上にすわり、うまくボタンのかかっていないブルゾンを着て、おもちゃの袋《ふくろ》を肩《かた》にかついでいる。

「シンプル？　ぼくだよ。おーい！　クレベールだ。『こんにちは』って言ってくれないの？」

「ヘビ、いっぱいいいる」クレベールのほうを見もせずに、シンプルは言った。

そしてベッドサイドのマットに描《か》かれた絵を指さした。スタッフに着がえさせられてから、シンプルはマットの絵を見つめてむかえを待っていたのだ。ザハがシンプルの肩《かた》をゆさぶった。

「いっしょにいこうね、シンプル。シェアアパルトマンに帰るのよ」

「ヘビ」シンプルがつぶやく。

「アミラに会いたい？」

シンプルが目を上げた。光の消えた、青い目。

「いきます」機械のように言う。

「ここ、みんな、きらい」

クレベールは早く出ようと急いだものの、だれかを忘れている気がした。そしてドア口で足を止めた。

「パンパンくんは持った？」

「ううん」

「どこにいる？」

シンプルはナイトテーブルのほうへまっすぐ歩くと、引きだしを開けてぬいぐるみを出し、クレベールにわたした。ザハが悲鳴を上げた。ウサギの両目がなくなっていたのだ。

「どうしたんだ？」クレベールが大声を出した。

「パンパンくん、ここ、見たくない」

「目は持ってる？」ザハが聞く。

シンプルはうなずくと、ブルゾンのポケットをたたいた。かすかな音がした。

「アリアがまた縫《ぬ》いつけてくれる」とクレベール。そしてシンプルとザハに言った。

「いこう」

階段を下りていくと、三階と二階のあいだで、壁《かべ》にしがみついている例のおばあさんとまたすれちがった。

「お嬢ちゃん」今度もザハが声をかけられた。

「あたしのおばあちゃんがベッドにいるのよ。それはいいんだけど、おばあちゃん、おしっこしちゃってねえ」

「シャボンさん！」下の階から声が飛んできた。

「うるさいのよ、あの人」と、おばあさん。

そして可能なかぎりのスピードで、また階段を上りつづけた。

「いつもにげだす年寄りおばさん」シンプルも彼女《かのじょ》を知っているようだ。

マリクロワから出て門を閉めると、クレベール自身、にげてきたような気分になった。

シンプルは通りに出ても表情がない。目に映るものの名前をいちいちつぶやいている。

「木がいっぱい、馬の像、お菓子《かし》売ってるパン屋さん……」

駅に着くと、クレベールが切符《きっぷ》をわたした。

「ぼく、これ、入れる？」

「うん。ここに切符《きっぷ》を入れて、下のバーを押《お》すんだよ」

「ヒュッ！　きっく、いっちゃった。ヤッホー！　出てきた！」

きっくが改札の投入口に入ってまた出てきたのを見て、シンプルは初めて笑顔になった。


別れぎわにザハは、クレベールに言った。

「ね、うちには必ずだれかいるわ。もしよかったら、毎週水曜日か土曜日なら、シンプルを預かれる……」

それとなく、マリクロワをやめるようにすすめたのだ。ザハがそう言ったことに対して、クレベールはお礼を言うかわりに、ただ低くうめいた。それからほかにどうしていいかわからなかったので、彼女《かのじょ》の両頬《りょうほお》にキスした。すると不意に、やさしい香りに包まれた。バニラとオレンジの花の香りだ。

「また明日、かな？」

「アミラが喜ぶ」ザハが答えた。

でも内心どぎまぎして、ザハはまわれ右をしたとたん、ドアにぶつかった。

シェアアパルトマンでは、エンゾが見たこともないほど不機嫌《ふきげん》な顔で、テレビのチャンネルをつぎつぎ切りかえていた。水を一杯《いっぱい》飲もうとキッチンに出てきたアリアが、リビングの暗がりにいるその姿に気がついた。そして彼《かれ》のそばへそっと近づいた。はだしで、いつものようにラフな格好のままだ。エンゾは刑事《けいじ》ドラマを見ているふりをしている。アリアはソファの上でしゃがんだ。

「一瞬《いっしゅん》いい？　それともそれ、やめられない？」

エンゾは音を消した。苦しくて喉《のど》がつまりそうだ。アリアの肌《はだ》の熱さが、まるで抱《だ》きしめたかのように伝わってくる。

「シンプルが帰ってくるじゃない？　わたし、手伝うからってクレベールに言ってみようと思って。わたしたちみんなが手を貸せば、シンプルはここにいられるよね。そう思わない？」アリアは小声で言った。

「思う」エンゾはそう答えるのが精いっぱいだ。

「で、小説は書いてる？」

「うん」

「読ませてくれる？」

エマのシーンを思いうかべて、エンゾはにやにやした。

「その笑い、どういう意味？」

「きみをうんざりさせちゃうよって意味」

「あら、やさしいじゃない」

こんなに近くにいるのに、こんなにも遠い。二人のあいだには、ドラマチックなオペラのなかの恋人《こいびと》たちのように、見えない壁《かべ》が立ちはだかっている。

「何考えてるの？」アリアがささやいた。

「オペラのなかの恋人《こいびと》たちのこと」

「わたしのこと……情熱的に愛してるってこと？」アリアは小さく笑った。

「知ってるだろ」

「でもステファニーは？　前に電話で話してた……」

エンゾは答えることもなく、ただ肩《かた》をすくめた。

「エマニュエルに結婚《けっこん》しようって言われた。信じられる？」

「すげえ」

「わたしは、よく考えてみるって言った」

「じゃあ、おれは、アリア……」

「あなたは？」

「おれと結婚《けっこん》しない？」

そのとき、ドアの鍵《かぎ》がガチャリとまわった。クレベールが帰ってきたのだ。そのすきにアリアはにげようとした。だがエンゾにしっかり腕《うで》をつかまれた。

「返事は？」

「ノン」

エンゾは思わずカッとなった。

「この！　その気にさせといて！」

エンゾはこぶしをにぎったが、ゆるめた。かわりにアリアの襟元《えりもと》をつかんだ。アリアもエンゾの襟元《えりもと》をつかみ、天井灯の光が二人の上でゆらゆらおどった。

「けんか、だめ」

シンプルの声だ。アリアはシンプルに抱《だ》きついた。

「帰ってきたのね、うれしい！」

だがシンプルはアリアを押《お》しもどすと、エンゾを指さした。

「あの人。チュッしたげるのは、あの人。今の、やさしくない」

「それ、おれが今言ったとこ」

エンゾがシャツのすそをズボンに入れなおしながら言う。

声に引かれて、コランタンが出てきた。

「で、パンパンくんは元気？」

シンプルの顔を見て喜びながら、コランタンが聞いた。

「もう、目がない」

シンプルは、ぬいぐるみをアリアにわたしながら答えた。

光を失ったウサギを前に、重い沈黙《ちんもく》が広がった。と、コランタンがせきばらいをした。

「ねえクレベール、シンプルのことはここで見られるかもしれないよね？」

「月曜と火曜なら、おれはぶらぶらしてるよ」エンゾがつけくわえた。

「土曜日は、わたし、ここにいることが多いから」とアリア。

「ぼくはさ、日曜日は基本的に、チュイルリー公園で仲よくできそうな女の子をさがしてるんだ。でもいつもうまくいっちゃうから、たまにはシンプルと公園にいくのもいいなあ」とコランタン。

「そしたらもっとうまくいっちゃうだろうって」エンゾがつっこみを入れた。

クレベールは涙《なみだ》が出るほど笑った。

ようやくパソコンのもとを離《はな》れたエマニュエルが、シンプルが帰ってきたのを祝って、乾杯《かんぱい》しようと言った。アリアはパンパンくんの目をなおすために、裁縫《さいほう》道具を取りにいった。そして縫《ぬ》いつけ作業を終えると、

「ヤッホー！」ウサギの二本の耳をゆらした。

アリアはぬいぐるみをシンプルにわたして、またキスしようとした。だがシンプルは、怒《おこ》って彼女《かのじょ》を押《お》しもどした。

「ぼくにチュッしないで。するのは、あの人。きみを好きな人」

シンプルはエンゾを指さした。

「完璧《かんぺき》だ」

エマニュエルはそうつぶやくと、シンプルさえ気づかないうちにリビングを出た。


次の日、クレベールがザハの家にシンプルを連れていくと、家族全員が準備万端《ばんたん》整えて待っていた。ママはお菓子《かし》をたくさん作っていた。パパはシンプルに見せようと、長い管があって形がおもしろい中近東の水ギセルという道具を出していた。そして女の子たちは、みんな自分のおもちゃをかき集めていた。おまけに、ジェミラは怖《こわ》く見えるほど化粧《けしょう》し、レイラはストロベリー・フレーバーのグロスを三度ぬりして、アミラは青い妖精《ようせい》に扮《ふん》している。

「みんな、美しすぎる」シンプルが言うと、全員の笑いがはじけた。

「パンパンくんは？　パンパンくんは？」年下の女の子たちがせがむ。

シンプルは口をとがらし、天井を見て体をゆらす。思わせぶりなその様子に、クレベールは目を丸くした。シンプルはやがてポケットに手をつっこんだが、ぎょっとしたように目を見ひらくと、つらそうに言った。

「いなくなった」

全員が固まった。

それからシンプルがさけんだ。

「ヤッホー！」ウサギの耳をゆらしながら。

全員が拍手喝采《はくしゅかっさい》。アミラはパンパンくんにキスすると、勝利のしるしのように頭の上に掲《かか》げて、おやつが並んだダイニングまで歩いていった。

「あなたも食べてく？」ザハがおずおずとクレベールに聞いた。

「いや……ぼくは……」

クレベールはベアトリスとデートの約束をしていたのだ。おいしそうなおやつが食べられなくて、約束をほとんど後悔《こうかい》したが、その反面、ベアトリスとの仲が進むかもしれないという期待に胸がふくらむ。

「長くはかからないと思う」顔を赤らめながら、クレベールは言った。

だがこれは、期待のしすぎだった。その日の夕方も、ベアトリスとおしゃべりしてちょっといちゃつくだけで過ぎていき、それ以上の進展もなく終わったのだ。

「もう？」クレベールがむかえにくると、シンプルはそう言った。

「ごめん」クレベールははっきりしない声で答えた。

「うちのごはん、少し食べていかない？」

一日じゅう料理していたママが声をかけた。

「それがいい、それがいい！」小さい女の子たちも声をそろえる。

「人生ではよきことを味わわなくては」

パパも言った。コーランの教えだ。

パパには、この男の子を見定めようという魂胆《こんたん》があったのだが、クレベールはそうとも知らずに、食事のさそいを受けいれた。食事中、パパは何度もママにうなずいてみせた。育ちはいいようだ。レバノン料理も好きと見える。自分より先に兄に取りわけてやっている。そしてパパはうなずく——よろしい、なるほど、よろしい。

ザハは内心、気まずい思いだった。

〈わたしはクレベールのことが好きだけど、クレベールはそうじゃないって、どうやって両親にわからせよう？〉

夕食後、ザハは兄弟を玄関口《げんかんぐち》まで見送った。ジェミラが気をきかせなきゃというしぐさをして、ほかのみんなはリビングに残った。

「シンプルは、またいつでも好きなときにきてね」ふるえる声で、ザハは言った。

「ここはシンプルの家よ」

クレベールは礼儀《れいぎ》正しくお礼を言って、ザハの両頬《りょうほお》にキスした。ザハは言いたしたかった。「ここはあなたの家でもあるわ」と。でもくちびるが動かなかった。

「あの人、やさしい、ザハ」シンプルが階段で言った。

「だよな」とクレベール。

「ベアトリスは、いじわる」シンプルがさらに言う。

「そんなにシンプルなことじゃないんだ」

「シンプルは、ぼく」

「じゃあ、ぼくの名前は、フ、ク、ザ、ツ」クレベールが言った。

日曜の朝、コランタンはシンプルをジョギングに連れていった。シンプルは息を切らして帰ってきた。

「おもしろくなかった。コランタン、ずっと走ってた。追いつけなかった」

昼食後、シンプルはリビングで遊び、そのかたわらでエンゾが何かを書きつづけた。あたたかな家庭の風景のようだ。アリアとエマニュエルは、日中ずっとどこかへいっていた。夕方になると、コランタンとエンゾは映画にいってもいいかとクレベールに聞いた。

「いや、そんなこと聞かなくても。やりたいようにやってよ！」

「シンプルを……マリクロワにもどしたりしないよね？」コランタンが、早口できまり悪そうに言った。

「もどさない。ぜったい」

もうすぐ夕食の時間というころ、クレベールはパンが切れていることに気がついた。

「パンを買いにいくけど、シンプルもいっしょにくる？」

「パンパンくん、足が痛い」

「わかった」

運命とは、ささいなことで変わってしまうものだ。訪ねたパン屋は閉まっていた。それでクレベールは遠くまでいかなくてはならなくなった。帰り道、彼《かれ》はとつぜん不安に襲《おそ》われた。足を速め、階段を駆《か》けあがる。

「シンプル、パン買ってきたよ！　シンプル？」

ダイニングテーブルの上に、殴《なぐ》り書《が》きのしてある付箋紙《ふせんし》があった。父親の字だ。

——やっぱりシンプルを連れていこうと寄ったら、おまえがちゃんと監視《かんし》していないのがわかった。シンプルは週末もマリクロワにいるほうがいいだろう。

12 パンパンくん、一人で外の世界に出る

父マリュリ氏は、息子クレベールと衝突《しょうとつ》するつらい場面を避《さ》けたかった。もっともシンプルは、マリクロワに着いてもなんの反応も示さなかった。無関心な様子で、自分の内側に深く閉じこもってしまったようだ。だがそれを見て、マリュリ氏はこう思った。

〈成果が出てきたな〉

父親が帰ってしまうと、シンプルは枕《まくら》の上にぬいぐるみを置いて、学童用の自分のハサミをさがしにいった。

「また目を切るの？」

「ここのこと、見ちゃだめ」

「うん、でもそうしたら、どうやって泣けばいいの？」ウサギのパンパンくんがたずねた。

シンプルはハサミをもてあそびながら、一瞬《いっしゅん》考えた。たしかにいい質問だ。シンプルはベッドにすわって頭を壁《かべ》にもたせかけ、涙《なみだ》が二筋、流れていくままにした。

「クレベールのばかやろう」パンパンくんが言った。

みんな、みんな裏切った。エンゾもアリアもコランタンも、ザハも。みんなぼくを捨て

た。そしてクレベールまで。特にクレベールが。

「シャボンさん！」遠くで声がする。

シンプルはさっと立ちあがった。そしてドアを開けた。目の前で、あのおばあさんが壁《かべ》
につかまって立っている。

「入れば、年寄りおばあさん」シンプルが小声で言った。

「入って隠《かく》れな」

おばあさんは、遠慮《えんりょ》なくシンプルの部屋に入った。

「シャボンさん！」フロアの監督者《かんとくしゃ》がさけんでいる。

「まったくねえ、うんざりよ、あの人」

おばあさんはめげることもなく、シンプルに同意を求めるように言った。

「ここなら見つからない」

シンプルはそう言うと、くちびるに人さし指を当てた。そして二人で、監督者《かんとくしゃ》の足音が
遠ざかっていくまで耳をすましていた。それからシンプルが聞いた。

「どうしてシャボン玉なの？」

おばあさんは笑いもせずに答えた。

「夫の名字だから。夫がシャボンって人だったの」

シンプルはこの答えにうれしくなって、大きくにっこり笑った。

「子ども、いる?」

「孫がね。でも、いやな子。あたしをここに閉じこめた」

「ぼくは、弟が」

「あたしはにげだすつもり」

「ぼくも。でも階段にはにげださない。通りににげる」

「へえ?」

「ぼくといっしょににげる? 年寄りおばさん」

シャボンさんは、一瞬《いっしゅん》、しっかりと頭を働かせたようだ。

「長くは歩けないの。でもあんたは若いから。年はおいくつ?」

「12」

シャボンさんは考えこむように言った——「それは若いわ」

この間《かん》、フロアの監督者《かんとくしゃ》は不安になりはじめていた。いつもなら、面倒《めんどう》なおばあさん(と彼女《かのじょ》は呼んでいる)も四階より上にはいかない。でも今日は、五階の廊下《ろうか》にも見当たらない。どこにいった? 監督者《かんとくしゃ》は受付まで下りてきた。

「ねえ、注意してほしいんだけど、あのシャボンさんが見つからないの。外に出さないでよ」彼女《かのじょ》は同僚《どうりょう》に言った。

そのころ二一二号室では、シンプルの逃走準備《とうそう》がおこなわれていた。

「お金はある？　外ではいっぱい必要だよ」とシャボンさん。

この情報に、シンプルはとまどった。するとシャボンさんは、ポケットから財布がわりの紙幣《しへい》に包んだユーロ硬貨《こうか》を取りだした。

「紙のお金！」シンプルは目をみはった。

そして、あることを思いついた。

「ぼく、ムッシュー・ミュッチュベンゲンになる」

そしてスーツを着こんだ。シャボンさんがネクタイを結んでやった。シンプルは一方のポケットにパンパンくんを押《お》しこみ、もう一方にはいつものスタート用ピストルを入れた。

「じゃあ、いっしょにはこない？」

「また今度。それまであんたの部屋にいてもいい？　あたしの部屋には祖父がいて、タバコをふかしてるのよ」

「ぼくの部屋、あげる、シャボンさん」

こうして準備が進んでいるあいだ、マリクロワのスタッフはますますいらだっていた。全員がシャボンさんをさがしていたのだ。おかげでシンプルが部屋を出て、階段を下り、エントランスホールに出ても、だれも注意をはらわなかった。

「急いでください、ムッシュー。もうじき閉館です」受付の女の人がうわの空で言った。言われるまでもない。シンプルは門まで、ほとんど走って出た。だが外に出てみておどろいた。あたりはもうまっ暗だったのだ。

「灯《あか》り、ついてる」

街灯がたくさんついているのを見て、シンプルはほっとした。

そして進む方向を決めるのに、前回見たものを追っていった――木がいっぱい、馬の像、お菓子《かし》売ってるパン屋さん。

「お腹《なか》すいた」

父マリュリ氏は、マリクロワへ向かう前に、夕食をすませたかとは聞いてくれなかったのだ。

そのとき、シンプルは歩道のむこうでにぎわっている一角に目を引かれた。画廊《がろう》で個展の特別招待パーティーを開いているのだ。この季節にしてはあたたかい日だったので、みんなグラスを手に出たり入ったりしている。シンプルは近づいていき、ウインドーに顔をつけた。

「アヽペヽティィヽリヽフヽ！」

シンプルはムッヽシュヽーヽ・ミヽユッヽチュヽベヽンヽゲンヽになりきって、まっすぐバイキングのコーナーにいった。女の人が一人、そこで真剣《しんけん》に料理の並べ具合を確認していたので、シンプルははげましのほほえみを送った。それからサーモン・トーストを取ると、サーモンだけはがして、トレーのはしにサーモンを置いた。ずっと見ていた女の人は、ぽかんとしている。シンプルは、続いてパンをほぼ丸飲みし、塩味のピーナツが入ったボウルをつかんで、中身をまさぐりながら絵を見にいった。

そこでは見識ある美術愛好家が二人、画家ヌギヤン・トゥアンの油絵を鑑賞《かんしょう》しているところだった。

「わたしは彼《かれ》の『緑の時代』のほうが好きですね。地衣類を貼《は》ってすごい作品にしてましたよ。これもいいが、もっと……」

「もっとコンセンサスがありましたね」

見識ある美術愛好家二人は、批判的な様子で絵を見ているムッシュー・ミュッチュベンゲンの強烈《きょうれつ》なオーラに気づいて、何やらえらそうなこの人がどんな言葉を発するのかと待ちかまえた。

「わたしなら、ウサギを描《か》きます」シンプルは言った。

美術愛好家二人は軽くせきばらいをし、それからシンプルを目で追った。

「ああ、ありがとう、オレンジジュース！」とシンプル。

お盆《ぼん》を持ったボーイが通りかかったのだ。

「プラントゥール〔ここでは「農園主から」という意味〕でございます、ムッシュー」

「そっか。頭がぐるぐるするやつ」とシンプル。

以前パーティーで飲んだカクテル〈プラントゥール〉だと思ったのだ。

シンプルは、まったくアルコールの入っていないオレンジジュースを飲んで、グラスを返しにいった。

「ありがとう。でも、うそつき。これ、プラントゥールじゃない」

少しずつ、シンプルに視線が集まってくる。だが本人はにこにこしながら、一つのグループからまた別のグループへ移っていく。そして小声でおしゃべりしているご婦人がたの輪に入った。

「あたくしは、デビューしたころの裸婦《らふ》の絵のシリーズが好きだわ」一人が言った。

「でも彼《かれ》の奥《おく》さまは、あんまりお好きじゃなかったでしょうねえ」もう一人が笑った。

「彼《かれ》、夜もすごいってうわさ……恋《こい》の季節のウサギみたいに」

この言葉で、シンプルの顔にはやんちゃな笑みが浮《う》かび、ポケットに手を入れた。そして言った。

「ヤッホー」

ご婦人がたが視線を落とすと、そのポケットから二本の耳が出てゆれている。

「だーれだ？」シンプルが言う。

そしてじゅうぶん気を持たせてから、両耳をつかんでウサギを引っぱりだすと、ふりまわした。

「パンパンくんです！」

ご婦人がたは、あちこちへ散っていった。それからヌギヤン・トゥアンの友人や知りあいたちが、この客はまともではないという意見で一致《いっち》した。まもなくボーイが二人やってきて、シンプルの腕《うで》をそれぞれつかむと外へ放りだした。シンプルは何がなんだかまったくわからないまま、歩きだした。みんな、ウサギが好きじゃないんだ――それだけはわかった。

「かまうもんか。ぼくたちは、パリへいくんだ」パンパンくんがなぐさめ、はげました。

二人はまさに、駅の前にいた。

「きっ、いかいる」

「バーを飛び越《こ》えよう。ぴょん！　って。そう高くないから」とパンパンくん。

シンプルはパンパンくんのアドバイスに従って、切符《きっぷ》なしで適当に電車に乗り、パリの中心部にあるシャトレ駅に着いた。

「ここだ」シンプルはなんの根拠《こんきょ》もなく言った。


だが外は真夜中、都会のまんなか。シンプルは、心細さで胸をしめつけられた。

「ムッシュー・ミュッチュベンゲンです……パリへいきます」

少しアルコールが入っているらしい若者のグループに、彼《かれ》は近づいた。みんな大声で、かなり乱暴な言葉づかいだ。

「すみません、こんにちは、お元気ですか」シンプルはていねいにあいさつした。

「ここどこ？　パリ？　お願い」

若者たちは間のぬけた大声で笑って、つぎつぎに言った。

「なんだ、こいつ？　ママとはぐれたの？」

「十ユーロよぶんに持ってるか？」

「お金？　ユーロって」シンプルが聞く。

あざ笑う声が降ってくる。

「こいつ、ＩＱは２だな！」

「このアホ面《づら》、見たか？」

「ばかみたいに、まだにやにや笑ってやがるぜ！」

シンプルの顔から笑みが消えた。そのまま進もうとしたが、一人が襟《えり》をつかんできた。

「十ユーロ持ってないのかよ？　え？　ポケットよくさがせよ」

シンプルの心から脳へ、強烈《きょうれつ》な怒《いか》りが上ってきた。

「ぼく、ナイフある！　戦う！」

不良の一人が、飛びだしナイフを出した。

「放せ」シンプルは、自分を押《お》さえているもう一人に言った。

「ピ、ト、ス、ル持ってる！」それからスタート用ピストルを出した。

「くそっ、武装してやがる！」

不良が手をゆるめた。シンプルはもがいてにげると、走りだした。どこに向かっているかもわからないまま、いくつも通りを過ぎ、路地を抜《ぬ》ける。そしてときどきうめいた。

「クレベール」と。

ようやくスピードを落としたときには、レピュブリック広場にいた。

シンプルはあたりを見まわし、がっかりしてつぶやいた。

「ここ、パリじゃない」

だがほかにどうすればいいのかわからなかったので、歩きだした。怒《いか》りはおさまっていたが、かわりに心のなかには冷たい砂漠《さばく》が広がっている。そしてシェアアパルトマンとは逆の方向に、知らない道をどんどん歩いていった。空腹で胃が痛む。まだ開いていた食料品店の前で、夢みるようになかを眺《なが》め、ファストフード店から流れてくるにおいに、思わずつばが出る。それからとうとう一軒《けん》のレストランの前で、足を止めた。カバの看板が
「入って」と合図していたのだ。

入ってみると、黒いスカートに白いブラウスのスタッフが、客を席に案内しようと待っ

ていた。

「お一人ですか？　お客さま」

スタッフの名前はジェニー、この店で最初の研修をおこなっているところだ。だから少し緊張《きんちょう》している。

「いえ、パンパンくんといっしょです」

「え？　ではお二人ですね……こちらへどうぞ」

ジェニーは、専門学校のホテル学科で学んだとおりに言った。

「どこいくの？」とシンプル。

「喫煙席《きつえんせき》と禁煙席《きんえんせき》、どちらになさいますか？」

この質問で、シンプルは不安になった。

「ぼくじゃない。パンパンくんです」

「そのかた、タバコはお吸いにならないんですね？」ジェニーは考えながら言う。

「吸わない。吐《は》く」

ジェニーは目を丸くした。今の答えは、習ったなかにはなかった。だがとりあえず、この変わった客を禁煙席《きんえんせき》に案内した。

「お連れさまがいらっしゃるまで、ご注文はお待ちになりますか？」

「注文するのは、クレベール」

「え？　三人でいらっしゃいますか？」

「12」

ジェニーは、自分が習ってきたことで、すべての客に対応できるわけではないのだとさとった。

「それでは。後《のち》ほどまいります」

シンプルはポケットからパンパンくんを出すと、首にナプキンを結んで、皿の後ろにすわらせた。それから立ちあがり、となりのテーブルのパンを取った。テーブルの客はぎょっとした。

「何するんだ！」

「まだいっぱいある！」パンかごを示しながら、シンプルが言いかえす。

そしてパンの先っぽをかじったとき、給仕長がやってきた。

「パンパンくん、お腹《なか》すいてる」シンプルは、皿の前にいるパンパンくんを指した。

「なるほど……失礼いたしました。でも、お出《で》になっていただきたいのですが」

「喫煙席《きつえんせき》へ？」

「外へ」

「でもまだ食べてない」

「外へ！」給仕長が有無を言わせぬ口調でくり返した。

まわりの客たちがこちらを見ている。

「ああいうヘンなのが、みんな閉じこめられてるってわけじゃないんだな」

となりのテーブルの客が、はき捨てるように言った。

シンプルはパンパンくんをつかむと、走って出口に向かった。あたりが暗いなかで、本当のことが明るみに出た——みんながきらいなのは、ウサギじゃない。ぼくなんだ。


シェアアパルトマンの月曜日。朝、みんなの頭のなかにあったのは、シンプルのことではなかった。

エマニュエルは、ここを離《はな》れるとエンゾとコランタンに告げた。

「出ていくの？」

コランタンはおどろいた。姉のアリアからは何も聞いていない。

「出ていく」エマニュエルは言いなおした。「しばらく実家に帰る。きみたちにはどうでもいいことだろうけど」そしてエンゾのほうを見て言った。

「で、ワンルームをさがす。アリアが合流するはずだ」

エンゾはその場で固まっている。だがエマニュエルがいなくなったとたん、ヴィルドゥデューさんのところへ駆《か》けこんだ。

「ジョルジュ！」

「おお、彼女《かのじょ》が『はい《ウィ》』と言ったか？」

「ちがう。まだです」

ヴィルドゥデューさんにとって、エンゾの話は今やお気にいりの連続ドラマのようになっている。なのでエマニュエルが出ていくと知って、ばんざいとさけんだ。

「いや、ちょっと待ってください、たぶんそういう意味じゃないんです。やつはアリアに圧力かけてるんですよ」

「かけさせとけ」

「え？」

ヴィルドゥデューさんは考えた。この若い友人には、自分の時代のやりかたは役に立たないようだ。ライバルの写真を持ちあるいて嫉妬《しっと》させるとか、もう死んじゃうと脅《おど》すとか。

「エンゾ、小説は書きおわったのか？」

「まだ全部は」

「書きあげて、おまえさんのアリアに贈《おく》れ。いいか、大事なのはハッピーエンドにすることだ。物語のなかでロレンゾはエマにプロポーズして、エマはウィと言うんだ」

エンゾは顔をしかめた。

「ちょっとカッコ悪いな」

「いいか、ぼうず、わしは女性誌は読んでないが、これだけは言える。愛というのは、ちょっとカッコ悪いものなんだ」

エンゾはすっかり上機嫌《じょうきげん》になって、自分の部屋へ上がっていった。小説の最後が、おぼろげながら見えてきたのだ。それからまる一時間、彼《かれ》はシェアアパルトマンに一人きりの状態で小説を書いた。そこへ電話が鳴った。

「もしもし、ソーシャルサービスのバルドゥーです。クレベールと話したいんですが」

「今、高校です。ご用件は？」

「では伝えてください。お兄さんがいなくなりました」

この知らせに、クレベールは頭のなかがまっ白になった。マリクロワのスタッフは、朝の洗面の時間にシンプルがいないと気づいたそうだ。彼《かれ》のベッドでは、一晩じゅうスタッフたちがさがしていたあの高齢《こうれい》女性が、かわりに眠《ねむ》っていた。シンプルはにげだしたのである。

「そう遠くへはいってないはずだ。金がない。方向もわからない」とエンゾ。

クレベールは聞きながら、おびえて目を見ひらいたままだ。

「どうしよう」ようやく声が出た。

「シン……シンプルは、子どもとおんなじなんだ。三歳《さい》なんだ、エンゾ」

「落ちつけ。さがしだそう。お父さんにも連絡《れんらく》がいってるだろうし、マリクロワでも捜索《そうさく》を始めるはずだ。それに目立つしな、きみの兄さんは」

マダム・バルドゥーは、何かわかったらすぐ知らせると約束した。だが午後はなんの知らせもなく過ぎていった。マリユリ氏から、もし息子に何かあったらマリクロワを訴《うった》えるという電話が、シェアアパルトマンにかかってきただけだ。

アリアとコランタンとエンゾは、クレベールにつきそった。知らせを待つ時間が耐《た》えがたいものになっていく。

「そのへんをひとまわりしてこいよ。もし知らせが入ったら、携帯《けいたい》ですぐ連絡《れんらく》するから」

コランタンがクレベールをはげました。

クレベールはザハに知らせようと、高校まで走っていった。

「ああ、いたんだ！」声を上げたのは、ベアトリスだった。

「ちょっと前、あんた、まっ昼間のウサギみたいにつっ走っていったじゃない？」

ウサギと聞いて、クレベールの目は涙《なみだ》でにじんだ。

「どうかした？」

「兄が……」

「また！　あの人、ちっとも落ちつかせてくれないんだから……」

そのときザハが見えた。クレベールはベアトリスをそのまま置きざりにした。

「ザハ！」

二人はいっしょに歩きだし、クレベールは心のうちを話すことができた。そして自分を責めていた――シンプルをまたマリクロワに入れるなんて、認めちゃいけなかったんだ。もし何かあったら、ぼくは自分を許せない。

「神さま信じてる？」とザハ。

「日によるけど」

「お兄さんを返してくださいって、神さまにたのんで」

「神が人間に何かできるとは思わないね。そんなの子どもっぽい考えだ」

「シンプルを返してくださいって、神さまにたのんで」

「わかったよ――ぼくにシンプルを返してください」クレベールが言った。

そして涙《なみだ》をあふれさせながら笑った。

「ぼくはほんとにフクザツだよ……」


そのころ、エンゾとコランタンは電話をじっと見守っていた。

「おかしいよな、人生って」コランタンがしんみり言った。

「二週間前までは、ぼくにとってシンプルはウザいだけだった。なのに今じゃ兄弟みたいだ。くそっ、もし見つからなかったら……」

「元気づけてくれるよな、おまえ」エンゾがぶつぶつ言った。

とつぜん、ドアがカチャリといった。二人ともクレベールだと思ったが、入ってきたのはエマニュエルで、立ちどまることなくリビングの前を過ぎていった。

「何か取りにきたんだな」とコランタン。

だが三十分後、エマニュエルはあいかわらず部屋から出てこなかった。部屋にはアリアがいる。

〈彼女《かのじょ》に圧力かけてるんだ〉とエンゾは思った。

そんなわけで、クレベールが帰ってきたときには、今一つ気持ちのこもっていないはげましかたしかできなかった。エンゾは耳をそばだてていた。とつぜんの大声を聞きたかった。けんかする声を。〈出ていけ、いっちまえ〉と心のなかで言いながら、エマニュエルを追いはらいたいと願った。一方クレベールは、部屋に入るとベッドの上にたおれこんで、心のなかでくり返した。〈帰ってこい、帰ってきてくれ〉

夜になった。クレベールはこれほどつらい苦しみを味わったことがなかった。

エマニュエルは一人でシェアアパルトマンを出ていった。

エンゾはソファから勢いよく立ちあがると、アリアの部屋の前までそっといった。そして耳をすました。泣いているようだ。でもわからない。そこで静かにドアをノックした。

アリアはベッドの上で、枕《まくら》に顔をうずめていた。そしてこちらを向いた。やっぱり泣いていた。

「出てって！　こないで！」

「ごめん。ぼくはべつに……」エンゾは口ごもった。

そして追いつめられた気持ちでドアを閉めた。エンゾはなじみの老人に助けを求めにいきたかった。だがいかなかった。まずシンプルだ。シンプルを取りもどすのが先だ。

シンプルはパリを北から南へ、東から西へ、さまよっていた。一日じゅう、飲むことも食べることもせずに歩いた。ベンチで少し眠《ねむ》っただけで、クレベールが住んでいるところをさがしつづけた。ときどき泣いた。死にたいと思った。だがどうすれば死ねるのかわからなかった。パンパンくんはポケットの奥《おく》で身を縮めている。

「夜だ」

シンプルは気がついた。だいぶ前から日は落ちていたのだ。

シンプルは、シェアアパルトマンが立っている地域まできていた。だがそれがわからないまま、《ヴュー・カルディナル》というホテルの前で足を止めた。「週貸しの部屋ありますす」と書いてある。シンプルは字が読めないが、その看板に浮《う》きでたさびで、弟との思い出がよみがえってきた。

「愛をさがしてるの？　ウサギちゃん」

タバコの煙《けむり》のむこうから、くぐもった声がした。

いつもなら、ここでシンプルはパンパンくんをふりまわすのだが、今はポケットのなかで耳を動かすだけにした。入り口にもたれかかっている女性は、客をしっかりつかまえようとしている。

「なんて名前？」

「ムッシュー・ミュッチュベンゲンです」

女性は頭をのけぞらせ、思いきり笑った。

「呼び名は？」

シンプルは考えた。

「ミュッチュです」

もう一人、別の女性がホテルから出てきて、シンプルに気づいた。

「あれ？　人がいたんだ……こんばんは、あなた《モン・シュー》」

「ミュッチュです」とシンプル。

女性二人は顔を見あわせた——この人はわけがわからなくなってるみたいだ。金は持ってるんだろうか？

後からきたほうの女性が、シンプルの首に腕《うで》をまわした。

「何がお望み？」

「弟」

女性はさっと腕《うで》をほどくと、もう一人のほうを見た。

「ちょっと、こいつどうかしてるよ」

「知的障碍《しょうがい》」シンプルが訂正《ていせい》する。

「これじゃ、たいしたことなさそう」一人めがふくれっ面をした。

「わかんないよ」と、もう一人。

そしてシンプルに近寄った。

「お金ある？」

シンプルは警戒《けいかい》した。そして首をふった。

「クレベールが、お金ある。パリにいる」くちびるがふるえた。

「それ、どこ？　パリの？」

「わかんないんだよ。ね？　道がわかんないんだろ？」と一人め。

シンプルはうなずいた。何かが二人の女性の心をゆらしはじめた。二人はシンプルを取りかこんだ。

「身分証明書、持ってる？」

シンプルはびっくりした様子で、ポケットをさぐったが、出てきたのはキャラメルバーの包み紙だった。二人は笑った。そして思いがけないほど胸を打たれていた。

「いい？　おとなしくしてて」

シンプルをつかまえていたほうが言った。金髪《きんぱつ》だが、化粧《けしょう》の下は生気がない。

彼女《かのじょ》はもう一方のポケットをさぐった。穴が開いていて、巣穴にいるウサギみたいにパンパンくんが押《お》しこまれていた。

「何、これ？」

耳を引っぱりだしながら、金髪《きんぱつ》の女性が聞く。

「パンパンくんです」シンプルがつぶやいた。

女性はこう言うかのように頭をふった――どうしようもないアホ！

そしてもう一人にぬいぐるみをわたした。

「これ持ってて。上着見てみる。ほら、泣かないで……」

涙《なみだ》がシンプルの両頬《りょうほお》を流れていく。女性はポケットの点検を続ける。

「ちょっと見て！　拳銃《けんじゅう》！」

「にせものです。ナイフ、持ってません」とシンプル。

「金もあるよ。十七ユーロ」

「たいした額」

もう一人が笑って、タバコに火をつけた。

金髪《きんぱつ》は、最後に上着の内ポケットに手をつっこんだ。そこに、プラスチック加工された身分証明カードがあった。

「バルナベ・マリュリ、って名前」

それからカードを裏返して、父マリュリ氏の住所を読んだ。

「マルヌ・ラ・ヴァレ。これはまた、ずいぶん歩いたね」

金髪《きんぱつ》の女性はもう一人にお金とスタート用ピストルをわたした。そして念のために最後のポケットをさぐると、小さい厚紙が出てきた。クレベールがこう書いていた。

《シンプルと呼ばれると返事をします。知的障碍者《しょうがいしゃ》です。緊急《きんきゅう》の場合は弟に連絡《れんらく》してください。06……》

何も言わずに、女性はもう一人に厚紙をわたした。子どものころに味わった悲しみのようなものがこみあげて、彼女《かのじょ》は胸がいっぱいになっていた。女性は手の甲《こう》で、シンプルの頬《ほお》をぬぐってやった。

「泣かないでって言ったろ。今からあんたの弟に電話するから。いい？」

シンプルはうなずくと、おそるおそるパンパンくんを指さした。

「返してもらえる？」

女性二人は取りだしたものを全部ポケットにもどし、シンプルの両手にウサギを置いた。

「あたしがかける」

金髪《きんぱつ》のほうがそう言うと、携帯《けいたい》電話を取りだした。


クレベールは、ひじかけ椅子《いす》でうとうとしていた。そこへ携帯《けいたい》が鳴ったので、とびあがった。

「もしもし、はい？　そうです、クレベールです」

「こちらにお兄さんがいます」

奇妙《きみょう》にヴェールがかかったような、女性の声がした。

「シンプルが？　どこですか？」

「ホテル《ヴュー・カルディナル》。場所は……」

「大丈夫《だいじょうぶ》！　わかります。すぐいきます。ああ、よかった！」

クレベールはドアへ走り、階段に突進《とっしん》し、通りを駆《か》けつづけた。

「ああ、くそっ」歯を食いしばりながら、クレベールは言った。

彼《かれ》はいた。二人の女性に囲まれて、両手でウサギを持って。

「シンプル！　シンプル！」

クレベールはシンプルをきつく抱《だ》きしめた。「ああ、よかった！」と「ああ、くそっ……」しか言葉が出てこない。

なんとか落ちつくと、クレベールは二人の女性を見つめた。

「なんとお礼を言ったらいいのかわかりません」

「ほかにご用は？」金髪《きんぱつ》のほうが、ジョークを飛ばした。

「いえ、けっこうです。大丈夫《だいじょうぶ》……」

兄弟は、手をつないでカルディナル・ルモワーヌ通りを歩いていった。

「ぼく、お腹《なか》すいた」シンプルが、か細い声で言った。

その脚《あし》はもう二本とも、かろうじて体を支えているだけだった。

13 パンパンくん、死の淵《ふち》へ

「ショック状態ですね」

シンプルが、それから三日間幻覚《げんかく》を見つづけていることについて、医師はほかの理由を見つけることができなかった。ルームメイトたちは交代で看病しており、その朝はコランタンの番だった。コランタンはシンプルをちらりと見ると、ひじかけ椅子《いす》に腰《こし》かけた。

「パンパンくん、どこ？」

コランタンは椅子《いす》からとびあがった。まるで椅子《いす》におしりを刺《さ》されたみたいに。

シンプルは起きあがっている。見たこともないほどぼさぼさの頭で、髪《かみ》はわらのようだし、青い目は燃えあがるような光を放っている。

「具合はどう？　ぼくのこと、わかる？　コランタンだよ？」

「パンパンくん、どこ？」

コランタンは棚《たな》から、ぐったりしているぬいぐるみをつかんだ。シンプルはそれを受けとると、自分の前に置いた。その顔に奇妙《きみょう》な悲しみが浮《う》かんでいる。

「どうしてみんな、パンパンくんに、いじわるなの？」

シンプルには、コランタンの心をかき乱《みだ》す才能があるようだ。コランタンは顔をそむけると、両目をぬぐった。

「ほんとに……ほんとにいじわるってわけじゃないんだ。でもみんな、パンパンくんのことがよくわからないんだよ。パンパンくんは……パンパンくんは、みんなとすごくちがってるだろ。耳が長いし……えー……ヒゲも変わってるし。ようするに、ね、パンパンくんはウサギで……」

「しゃべるウサギ」シンプルがフォローする。

「そうそう。だからみんな、びっくりしちゃうんだ。で、ちょっと怖《こわ》くなる」

シンプルはため息をついた。

「フクザツだ」

「うーん、シ、シ、シンプル、い、い、にいこうよ。みんななんて、ほっとけ」とコランタン。

「あーらら、いけない言葉」

それを聞いて、コランタンはリビングまで走っていくとエンゾにさけんだ。

「シンプル、治ったよ！」

クレベールはふたたび、スチール製の家具に囲まれたあの小さな事務室にいた。

「たまに起きることです」

シンプルがにげだしたことについて、マダム・バルドゥーはそれ以上のことを言えなかった。

「ご存じかもしれませんが、入所者をベッドにしばりつけるような施設《しせつ》もあるんです。そういうところがいいとは、とても言えません。マリクロワは、そうですね、悪い部分がより小さいというか」

「ぼくは兄に、いいことをしてやりたいんです」クレベールが応じた。

「あたくしたちはみんな、シンプルにいいことをしてやりたいんです。でもそれがあなたの犠牲《ぎせい》のうえにしか成りたたないようでは、いけませんね」

クレベールは、思わず大きな声で言った。

「ぼくはシンプルといて、幸せです」

「でもあなたは、ずっと責任を負うことになるんですよ。その点を考えないと。あなたはまだ未成年……」

クレベールは笑いだした。

「あと十日で、ぼくも成人になります」

マダム・バルドゥーは、なるほどと言うようにうなずいてみせたが、それでも自分の考えを曲げなかった。

「あなたのは、若さゆえの理想主義です。何がなんでもあなたに反対しようってわけじゃありません。でもあたくしには、こうした状況《じょうきょう》での経験がある程度ありますし、あなたが考えるような向きあいかたが、非常に高い代償《だいしょう》をともなうものであるのも知っています。いつかあなたも、結婚《けっこん》したい、子どもがほしいと思うようになるでしょう。そのときのことを考えてみて……」


クレベールは、ザハと妹たちとあの家のパパやママのことを思いうかべて、ほほえんだ。

「ぼくに子どもが生まれたら、みんなシンプルを好きになると思います。だってシンプルが子どもだから」


クレベールのまなざしがかがやいた。世の中のどんな決まりきった考えにも挑《いど》むかのようだ。マダム・バルドゥーがうつむいた。

「あたくしはあなたの力になれるよう、できるだけのことをしてきましたよ、クレベール。正しいことをしたつもりだったのだけど……」

「ありがとうございました」


シェアアパルトマンでは、アリアが弟コランタンに、しばらく実家に帰ると話していた。

「でも大学は？」

「この状態じゃ勉強できないから」

アリアはとても疲《つか》れているようだった。コランタンは思いきって聞いてみた。

「エマニュエルと別れたの？」

「そういうことだと思う……彼《かれ》、わたしからすぐ『ウィ』って返事を聞きたかったのよ。で、そのままついてきてほしかったわけ。でもわたしにはわからなかった……もう何もわからない……」

アリアはとても悲しそうだ。

「クレベールの誕生日には帰ってくる？」

「そうしたいけど、今はなんにも約束できない」

その夜、エンゾは小説を書きあげた。そしてアリアがいないあいだに、彼女《かのじょ》の部屋にしのびこんだ。スーツケースに荷物が半分だけつめこまれて、開いたままになっている。そこに、エンゾはあのノートを投げこんだ。最初のページにはこう書いておいた――ぼくを好きでないなら、破いてくれ。

「もう帰ってこない？」シンプルが聞いた。

アリアはスーツケースを閉めている。

「ううん、パパとママの家で、ちょっと休んでくるだけ」

「ぼく、ママは死んだ。パパはぼくがきらい」

シンプルの首に、アリアは両腕《りょううで》をまわした。

「ぼくじゃない、きみの恋人《こいびと》」シンプルが思い出させる。

「わかってる。あなたはわたしの王子さま」

そしてアリアは、シンプルにキスした。


ザハの家では、全員がシンプルの帰還《きかん》を大歓迎《かんげい》した。

「あの人を見たとたん、アミラが本当に喜んで」とママのヤスミン。

うん、うんとパパのラルビはうなずいた。シンプルはあれでいい。やさしくて、まあ行儀《ぎょうぎ》もいい。考えているのはクレベールのことだ。ザハは、クレベールに想《おも》われている以上に彼《かれ》のことを想《おも》っていると、パパにはわかった。クレベールはまだ成長する必要があるが、そのあいだ、離《はな》れていきすぎないようにしなくてはならない。

「ザハの誕生日祝いをやったほうがいいな」とつぜん、パパが言った。

「また？　先週お祝いしたばかりよ」とママ。

「うん、でも家族でだけだったろう。今の若者は、友だちを呼んで祝いたいんだよ」

「ザハはそうでもないんじゃない？　シンプルとクレベールは別でしょうけど」

パパのラルビは、じつに適切な提案だと言いたげに、ママを見つめた。

「そうだな。クレベールとシンプルだけ招待すればいい。今度の土曜日に」

賢明《けんめい》なママのヤスミンは、ここでもさりげなく言った。

「クレベールには一つ問題があるわ、ラルビ」

「なんだい？」

「あの子、ミサにいくわね。キリスト教徒でしょ」

「ん？　そうだな……」

だがパパの顔には、大きな笑みが広がった。

「〈イスラム教徒に最も近い友人は、『われわれはキリスト教徒です』と言う者たちだ〉。コーランにそうある」

ザハからの招待に、クレベールはまずとても喜び、続いて困ったなと思った。なにしろ同じ土曜日に、ベアトリスをシェアアパルトマンに呼んだのだ。

ハシゴしよう、とクレベールは決めた。十四時から十六時までは、ザハと過ごす。そして十六時から十八時まではベアトリスと。想《おも》いをこめた気持ちはザハに、残りをベアトリスに。

その当日、シンプルはムッシュー・ミュッチュベンゲンの格好をして、首には蝶《ちょう》ネクタイを結んだ。本当に、羽を上下させている蝶《ちょう》のようなネクタイだ。それを見て、リビングではエンゾもコランタンもクレベールも、うれしさを感じた。髪《かみ》はぼさぼさ、目はきらきら、上着の着かたはかたむいていて、ポケットというポケットが、がらくたでふくらんでいる。

「したく、できた」

ザハの家に着くと、二人ははなばなしくむかえられた。

「女の子、大好きすぎる」最初のときの偏見《へんけん》も忘れて、シンプルは言った。

クレベールは、ザハをわきへ引っぱっていった。

「ぼくは十六時前に出なきゃならない。ソーシャルサービスで約束があるんだ。べつにたいしたことじゃなくて、シンプルのためにサインしなきゃいけない書類が……」

あまりにへたなうそのつきかただったので、ザハは思わず「ソーシャルサービスって、脇毛《わきげ》の処理をしてない女の子のこと？」と聞きそうになった。だが女の第六感で、ちがう答えかたをした。

「残念。でもしょうがない。大事なのは、シンプルが夜までわたしたちといっしょにいられるってこと」ザハはそう言った。

クレベールはなぜかいらだちを感じながら、不機嫌《ふきげん》な顔で女の子たちの輪に近づいた。まんなかにいるのはシンプルだ。

「今、ガイコク語しゃべってる」シンプルは得意げだ。

女の子たちがシンプルとパンパンくんに、手話を教えているところだったのだ。クレベールはしばらく仏頂面のままだったが、「愛してます」をどう伝えるのか知りたくなった。教えてくれたのは、ザハだ。片手を平たくお腹《なか》の上に置き、それから心臓の位置まで上げてくる。

「最後に手を体から離《はな》せば離《はな》すほど、愛は大きいってことなの」

大きなしぐさをしてみせながら、ザハが言った。

クレベールはザハや妹たちといっしょに、あぐらをかいて、手話で話しつづけた。やがて腕時計《うでどけい》が十五時四十分を指しているのに気がついて、ぎょっとした。大急ぎでその場を後にし、通りに出ると、今度は着くのが早くなりすぎそうだった。クレベールは足をゆるめ、ミサにいくいつもの教会の前で立ちどまった。横の扉《とびら》の一つが開いている。教会のひんやりした暗がりが、クレベールの心を包んだ。

クレベールは聖水盤《せいすいばん》に手をひたすと、十字を切った。子どものころ、ママが生きていたころにしていたのと同じ動作だ。ママが死んだとき、クレベールは十四歳《さい》だった。

「お兄ちゃんのこと、守ってね。ママは空から、あなたのことを守ってる」

ママはそう言った。

クレベールはまっすぐ〈幼きイエスの聖テレーズ〉像の前までいった。そして献金箱《けんきんばこ》に二ユーロ入れ、チャリンと音がするのを聞いてから、大きいほうのロウソクを取って、火をつけようと炎《ほのお》に近づけた。するとそのとき、心のなかで、昔聞いた声がよみがえった。

「シンプルに火をつけさせてあげなさい！」

昔の自分の姿もよみがえった。そう、それで弟の自分が兄のほうに、ロウソクに火をつける楽しみをゆずったのだ。なぜなら年下の自分のほうが大人で、年上の兄のほうが子どもだったから。

「ママ」

聖テレーズの像を見ながら、クレベールはつぶやいた。

それから外側の通路を歩いていくと、懺悔《ざんげ》室があった。いつだったかの日曜日に、パンパンくんが洞窟《どうくつ》ごっこをしたところだ。一瞬《いっしゅん》、クレベールもそこに隠《かく》れてしまいたいという、どうしようもない衝動《しょうどう》にかられた。そしてカーテンのむこうにすべりこむと、ひざまずいた。全身に鳥肌《とりはだ》が立った。

教会を出たときには、十六時をとっくに過ぎていた。ベアトリスが訪ねてきたところに、もしコランタンがいたら、クレベールはザハの家に招かれたことが、ばれてしまったにちがいない。いたのがもしエンゾなら、うまくごまかしてくれただろう。だがいずれにせよ、約束の時間は過ぎている。

〈ぼくはほんとにフクザツなんだ〉ザハの家まで引きかえしながら、クレベールは心のなかでつぶやいた。

「もう帰ってきた？」シンプルはおどろいた。

でも後はあれこれ言われなかったので、今回はクレベールもおいしいお菓子《かし》にありつくことができた。

シェアアパルトマンに帰ると、リビングからエンゾに声をかけられた。

「おまえの彼女《かのじょ》、あの赤毛の子、きたぞ！　会う約束してたのか？」

クレベールはうなずいた。

「おまえがあやまってたって言っといた。お兄さんのことで急いでソーシャルサービスにいかなきゃならなくなったからって」

「ありがと」

クレベールの誕生日は万聖節《トゥサン》〔カトリック教会ですべての聖人を祝う日〕で、フランスの学校ではそれに合わせて二週間の休暇《きゅうか》に入る。そしてここシェアアパルトマンでは、休暇《きゅうか》の始まりはパーティーの準備にあてられた。クレベールは、成人になる日をりっぱにむかえたかった。招待したのはベアトリスとザハ。ザハは、ジェミラを連れていっていいかと聞いた。

「ステファニー、呼ぶの？」コランタンはエンゾに聞いた。

エンゾが横目でにらんだので、コランタンは、いとこのアレクシスが連れてくるガールフレンドでがまんしようと思った。

「ユベールとジャン＝ポール、この二人ははずせない」今回もそう言っている。

招待客リストは少しずつできあがっていったが、微妙《びみょう》に女の子が足りない。

「アリアは？」エンゾが小声で聞いた。

コランタンは顔をしかめて、はっきりしないと伝えた。

「ちゃんと聞いたのかよ？」エンゾはいらだった。

「聞いたよ、でも……」

「でも、なんなんだ？」エンゾはさけんでいた。

「本人もわかんないみたいでさ。朝聞くと『いく』って言う。でも夜聞くと、『いかない』って言う。ぼくもずいぶん食いさがったんだ、ほんとに。姉貴、病気みたいだな」

「なんの病気だよ？」

コランタンは、エンゾの不機嫌《ふきげん》が爆発《ばくはつ》する危険を感じながらも、ふたたび顔をしかめた。

「彼女《かのじょ》に少し時間をやるんだ」ヴィルドゥデューさんは、エンゾをなだめた。「別れたばかりなんだから。一夜にして、今度はおまえさんの胸に飛びこむってわけにもいかんだろう。そんなデリカシーのないことはできんよ」

エンゾは反射的に、以前アリアに殴《なぐ》られた肩《かた》をなでた。

「アリアはそういう子じゃないと思うな。はっきりしてるんですよ！」

今回は、シンプルもパーティーの準備に参加させてもらえたので、クレベールの誕生日だというのに、まるで自分の誕生日のようにうきうきしている。

「ぼく、プレゼントに何もらえるの？」クレベールにそう聞く。

「何がほしい？」

「電話、テレビ、あとパンコン、、、、ン」

「全部ちょっと高いな。腕時計《うでどけい》はどう？」

「いいなあああああ！」

「かなづちもいっしょに買っとく？」

シンプルは冗談《じょうだん》がわかって、笑いだした。

「こいびとさんは、いない」

シンプルは成長したのだ。

「だんだんパンパンくんのこと言わなくなってきたよね」コランタンが言った。

「前ほど必要じゃなくなってきたんだろうな。友だちができたからね」とクレベール。

とはいえ、パンパンくんはチョコレートムースにヒゲをつっこみ、ニンジンの輪切りを盗《ぬす》み食いし、ミキサーで遊び、そのたびにしかられている。

「シンプル、やめろ！」

「ぼくじゃない。やったのは……」

「パンパンくん！」いっせいに、みんなが言った。


とうとうパーティーのゆうべがやってきた。

「シンプルは、王子さまにならなくてもいいよね？」クレベールがくぎをさした。

「ぼくはムッシュー・ミュッチュベンゲンです。五十二歳《さい》です。今日は、ス、ー、デ、バ、ー、です」

「誕生日ってこと？　シンプルは、ガイコク語をしゃべらなくてもいいよね？」

最初にやってきたのは、やはりジャン＝ポールとユベールだった。二人とも大きな声でばかなことばかり言っているが、それはつまり、パーティーを始めるのに欠かせないキャラだということだ。次にやってきたのは、アレクシス。とても落ちこんでいる。ガールフレンドにフラれたばかりだという。エンゾは不吉《ふきつ》なものを感じて、思わずアレクシスをにらみつけた。続いて、医学部の女子学生。エマニュエルやアリアと同じ大学に通っている。

「ほんと信じられない。ほんと信じられない」二人が別れたことについて、彼女《かのじょ》は何度もそう言った。

この女子学生と、あともう二人の女子学生とともに、アリアが少し離《はな》れた区の屋根裏《ロフト》の部屋に引《ひ》っ越《こ》そうとしていると聞いて、エンゾの胸には喜びが広がった。このニュースを大至急ヴィルドゥデューさんに伝えにいきたいのをこらえるのが、大変だった。

リビングとダイニングが、少しずつにぎやかになってくる。クレベールは五分おきに腕《うで》時計《どけい》を見ている。

「ぼく、腕時計《うでどけい》、ない」

シンプルがクレベールにそれとなくリマインドする。

ついにベアトリスがやってきた。今回は短いトップスのかわりに、思いきりずりおろしたパンツ姿で、かろうじてベルトが腰《こし》に引っかかっている。

「ほんとにもう。こないだの土曜日は、ご親切にもすっぽかしてくれて」クレベールはそう言われた。

「ヤッホー！」

ベアトリスの顔のすぐ下で、パンパンくんが両耳をゆらした。

ベアトリスがとても邪険《じゃけん》にパンパンくんをはらいのけたので、シンプルはにげだした。

「大至急やらなきゃいけないことがあったんだ。ごめん」クレベールはぶっきらぼうに答えた。

「ああ、ザハがきた！」

ザハが入ってきた。すぐ後ろからジェミラもやってきた。ザハは恋敵《こいがたき》をチェックすると、ため息を押《お》しころした。クローゼットにはほかにおしゃれなものがなかったので、前回のパーティーと同じあのアシンメトリーのブラックドレスできたのだ。

「すごくきれい」クレベールは小声で彼女《かのじょ》に伝えた。

「妹さんは、ヒジャブやめたの？」

ジェミラはヒジャブをやめただけでなく、妹レイラのスカートをはいてきていた。ジェミラにはとても、とても短くなってしまうスカートだ。

「あの子も考えたの。信仰《しんこう》は心のなかにあるもので、頭のまわりじゃないって」

クレベールはうなずき、立食用テーブルのそばに置かれたプレゼントを開けはじめた。

ベアトリスからは、トランクス。

「ありがと」

クレベールはそう言いながら、あわてて包装紙のなかに丸めこんだ。

ザハからは、すてきな携帯写真入れ《フォトホルダー》だった。

「ここにきみの写真を入れなきゃ」クレベールがそっと言った。

ベアトリスはこのとき、自分が負けたことを知った。

「ぼくは？　ぼくのプレゼントは、どこ？」シンプルが不安になりはじめている。

するとザハが、ド派手にリボンのかかった箱を差しだした。シンプルは包装紙をビリビリ破きながら開けた。

「ちっちゃい服！」

それは黒いフェルトでできた小さな小さなジャケットとズボンで、襟《えり》の折りかえしとそで口は赤く、金ボタンもついている。汚《よご》れたパンパンくんをカモフラージュできるようにと、ザハのママが手作りしたのだ。ザハがシンプルを手伝って、二人でその服をぬいぐるみに着せると、みんなが感心して見とれた。

「パンパンくん、カッコよくてヤバい」とシンプル。

「やっぱりきたか。若者言葉がうつったな」エンゾが嘆《なげ》いた。

そのかたわらで、ジェミラは時間をむだにするまいと思い、あたりをぐるりと見まわして選抜《せんばつ》した結果、コランタンを候補にした。そして彼《かれ》のところまでいくと、最初の質問攻《こう》撃《げき》を始めた。

「専攻《せんこう》は何？　何歳《さい》？　あの人は彼女《かのじょ》？　音楽は何が好き？」

答えに満足して、ジェミラは自己紹介《しょうかい》をした――わたしは高校三年、ヘルス・ソーシャルワークのＢＴＳ〔高等教育レベルの国家資格〕をめざしてるとこ。

それからコランタンの気持ちをさぐるために、同じグラスから飲み、最初のスローダンスをいっしょにおどった。

「ねえ、妹さん、ますます自由にやってるよ」クレベールが言った。

「あの子、十四なのに……」

クレベールは、やむを得ずエンゾに耳打ちすることにした。

「エンゾ、コランタンに言わなきゃいけないことがあって……」

「今、コランタンにはなんにも聞こえないと思うけど」

「いっしょにおどってる子は……」

「タコの吸盤《きゅうばん》みたいにくっついてる子？」

「そう。あの子、まだ十四なんだ」

「へえ？」

エンゾもさすがにおどろいている。だがすぐ言いたした。

「心配するな、クレベール。コランタンは何事もゆっくりだから、気持ちを決めるころにはあの子も成人してるさ」

アリアがいない夜、エンゾにまっとうな答えを期待しても無理というものだ。本人も、自分は社会のクズだなと自虐《じぎゃく》的になって、ソファに引きさがった。となりでは、フラれたアレクシスが、すでにぐでんぐでんに酔《よ》っぱらっている。

「人生なんて、おい、人生なんてな、くそだ」

アレクシスは、エンゾにそう絡《から》んだ。

「で、そのくそに対処するには、一つ……一つしか、方法はない！」

アレクシスは、エンゾが反論してくるとでも思ったのか、大声になった。

「そう、二つじゃない。一つだ。方法は、一つだけ！」

そのときインターホンが鳴って、エンゾはどうしたら人生に対処できるのか、永遠にわからずじまいとなった。アリアがリビングに入ってきたのである。

はじめ、エンゾはアリアだとわからなかった。それほど変身していたのだ。髪《かみ》を整え、化粧《けしょう》もして、エレガント。一人の女性だ。エンゾの手の届かないところにいってしまった女性のようだ。

とまどいながらも、エンゾは彼女《かのじょ》のほうへいき、何も言わずに見つめつづけた。

「こんばんは、でしょ？」アリアは以前と同じそっけなさで言った。

「もし今晩が、いい日といえるのならば」

エンゾは『くまのプーさん』に出てくるイーヨーの沈《しず》んだ声を、まねして答えた。

「もう、ばか……」

それからアリアは、みんなにキスしにいった。シンプルにも。とりわけシンプルに。

「パーティーに参加してるのね？」

「今日はぼくのスーデバーです」

「『誕生日』ってこと」クレベールが通訳した。


アリアが帰ってきたら、気がどうにかなってしまいそうなほどうれしいだろう——エンゾはそう思っていた。だが今、彼《かれ》はリビングのまんなかにつっ立ったままだ。少し酔《よ》っぱらって、むっつりして。エンゾは自分のベッドに寝《ね》ころがろうと、リビングを出た——そこで何もかもに、特に自分自身に、うんざりしてため息をつこう。

しばらくして、ドアをノックする音がした。両ひじをついて起きあがると、頭痛がしはじめた。こめかみのあいだで鐘《かね》が鳴っているかのようだ。


「何？」エンゾはどなった。

アリアが入ってきてドアを閉め、そこにもたれた。

「何？」今度はやさしく、エンゾは聞いた。

アリアはエンゾの枕《まくら》のほうに、何か投げてよこした。

「何これ？」

「今夜は会話が上手だこと。データを入れたＵＳＢよ」

エンゾは指のあいだにはさんで、ＵＳＢメモリを持ちあげた。

「で、どうするの、これ？」

「お好きなように。あなたの小説よ」

エンゾは意味がわからない。

「あなたの小説を打ちこんだの。それがそのＵＳＢに入ってる」

「なんでそんなことを？」

アリアはベッドのはしに腰《こし》かけた。

「惚《ほ》れたから。あなたの小説に、登場人物たちに、主人公に」

アリアはまるで断崖《だんがい》に立って、めまいがするような今このときを味わいながら、エンゾの出かたを待っているかのようだった。だがエンゾの体にわきあがった熱い波にさらわれて、あっというまに彼《かれ》の上に抱《だ》きよせられた。

「アリア、アリア、ほんとに？　おれに？　きみ、今日はめちゃくちゃきれいだ。それでおれは……」

「あなたのためよ、きれいにしてきたのは」

エンゾは目を閉じながら、アリアを抱《だ》きしめた――ああ、エンゾ、エンゾ、なんと幸せなんだ！　少し前まで、あんなに不幸だったのに！

「愛してる、どんなにきみを愛してることか！」

アリアは笑って、エンゾをくすぐりだした。エンゾも笑った。それから二人はもつれあうようにして、なおもくすぐりあった。

「愛しあうとこ？」

ドアのほうから声がして、見るとパンパンくんが顔をのぞかせている。

「シンプル！」

「はい？」

ドアから今度はシンプルが顔を出した。まるで招待されたように。

「こんなことしてはずかしくないの？」アリアがしかった。

「ない」

そしてぬいぐるみの耳をゆらした。

「パンパンくんが、見たいって」

そのとき、廊下《ろうか》からコランタンの声がした。

「おーいエンゾ、こいよ、ケーキ出すぞ！」

リビングに、全員が集まった。そして明かりを消すと、ザハがケーキを運んできた。十八本のロウソクに火がゆらめいている。ザハはこう歌っている。

「ハッピー・スーデバー……」

全員が、このうえなく満ちたりた気持ちで、同じように言った。

「スーデバーおめでとう、クレベール……」

全員？　いやちがう。ベアトリスはくやしさでくちびるをかみしめたまま、だまってい た。そして暗くなったのをいいことに、出ていこうと決めた。だが通りすがりに、クッシヨンスツールの上に置きっぱなしになっているパンパンくんに気がついたのだ。そういえば、ウサギについて返さなくてはならない借りがあったような——ベアトリスはかがむと、パンパンくんをつかんでキッチンのほうへいった。そしてわずか二つの動作で、犯罪を成しとげた。

リビングでは、コランタンがケーキを切りわけている。

クレベールは身ぶりでシンプルに、部屋のすみにくるよう伝えた。そして手首から腕時《うでど》計《けい》をはずすと、シンプルの手首につけてやった。

「これ、ぼくの？」

「こわさないよね？」

シンプルはうなずくと、秒針が進むのをうっとり眺《なが》めた。

「じゃあ、今、何時だ？　シンプル」エンゾがたずねた。

「12」

近くの教会から、零時《れいじ》の鐘《かね》が十二回聞こえてきた。

パーティーは少し長引いた。シンプルはじゅうたんの上で眠《ねむ》ってしまい、アレクシスはソファで酔《よ》いをさましている。クレベールとコランタンは、ザハとジェミラを送っていった。エンゾとアリアは急いでベッドに入った。

「パンパンくん、出ていった！」

クレベールはとつぜん、眠《ねむ》りから引きはがされた。

「今度はなんだよ？　パンパンはほんとに、ほっといてくれないんだな！」

「出ていっちゃった」

「出ていきゃしないよ、パーティーの後のごちゃごちゃのなかにいるだろ」

だが一時間後、クレベールは捜索《そうさく》を始めた。すぐにコランタンが加わった。

「どこに置いたか覚えてない？」

「そこ」

シンプルはクッションスツールを指さした。

エンゾとアリアも知らせを受けた。みんなでアパルトマンじゅうをくまなくさがした。ようやく酔《よ》いからさめたアレクシスも、ソファの上で起きあがった。

「何さがしてるの？」

「ぬいぐるみのウサギ」

「じゃあ、あの女の子に聞かなきゃ、赤毛の……」

「ベアトリス？」

アレクシスはうなずいた。

「クッションスツールからぬいぐるみを拾ってた。変だなと思ったんだけど、すぐには反応できなくて……」

クレベールのなかに、猛烈《もうれつ》な怒《いか》りがわきあがってきた。

「あいつの家にいってくる」目がすわっている。

「待て、まず電話だ。おまえ頭にきてるだろ、クレベール。おれがかける」

エンゾは少し離《はな》れると、電話をかけ、もどってきた。

「やっぱり彼女《かのじょ》だった」ふるえるような声だ。

「ダストシュートに捨てたって」

みんな息をのんで、顔を見あわせた。

「じゃ、さがしにいかなきゃ」シンプルが言った。

「そうだよ、ばかか、ぼくたち！」クレベールも立ちなおっている。

みんな階段を駆《か》けおり、ごみ捨て場めがけて突進《とっしん》したが、ちょうど管理人さんがごみ箱を持って帰ってきたところだった。

「ちきしょう！　収集車のほうが早かったか」

エンゾがまたも悲愴《ひそう》な声で言った。

「パンパンくん、ごみから抜《ぬ》けだしたよね？」とシンプル。

もう二度とあのウサギには会えないことを、どうすれば、シンプルにわからせられるだろう？

リビングにもどると、シンプルはクッションスツールにすわった。

「ここで待ってる」

「待っててもだめなんだ。パンパンくんはごみ収集車のなかだよ」エンゾが言った。

「にげてくる」

「いや、にげられない。ぬいぐるみなんだから。本物のウサギじゃないだろ」

「本物」

シンプルはあきらめようとしなかった。目から涙《なみだ》があふれそうだが、泣くまいとして、頑固《がんこ》に体をこわばらせている。

その体をとうとうアリアがハグして、耳もとでささやいた。

「シンプル、あなたがどんなにパンパンくんを愛してるか、わたしは知ってる。みんなもパンパンくんを愛してる。でも、これは受けいれなきゃ。パンパンくんは、死んだの」

シンプルはふるえだした。

「ママみたいに？」

「ママみたいに」

シンプルは両手を組みあわせた。

「ぼくもいっしょに死にたい」

「じゃあ、ぼくは？　ぼくは？」

クレベールがさけんで、シンプルの前にかがみこんだ。

「ぼくを一人きりにしたいの？」

「ザハに『もしもし』すればいい」

クレベールは言われたとおり、ザハに「もしもし」をした。ザハはすぐにやってきた。

「またほかのを買ってあげる。新しいパンパンくん」ザハはシンプルにそう言った。

だがシンプルは、拒絶《きょぜつ》のまなざしをザハに向けた。

「ほかは、いない」

それはみんな、よくわかっていた。

階下では、ヴィルドゥデューさんが若者たちの悲しいできごとなど何も知らずに、毒づいていた。

「ほらみろ。あいつら、またダストシュートをつまらせたな。自分たちじゃないって言うが、ほかにだれがつまらせるっていうんだ！」

ヴィルドゥデューさんには、つまりを取りのぞく絶妙《ぜつみょう》の技術があった。ロープの先に重さ五キロのダンベルを結びつけ、ダストシュートのなかに下ろすのだ。するとつまっていたものは下に落ちる。

「よっしゃ」ごみの落ちた音を聞いて、ヴィルドゥデューさんは言った。

運命とは、どこで決まるものなのだろう？　ヴィルドゥデューさんは、シェアアパルトマンの若者たちが犯人だと証明したくて、ごみ捨て場まで下りていった。

何分か後、ヴィルドゥデューさんは、若者たちの住まいのインターホンを鳴らした。

「今度という今度は、ダストシュートをつまらせるのは自分たちだと、認めねばなるまいな！」老人はエンゾに言った。

エンゾは目を見ひらいた。

「ジョルジュ！」

ふるえるような声が最高潮に達して、エンゾは続けた。

「あなたはぼくらの命の恩人だ……」

「あいつはいるか？　もう一人のおバカは？」

老人は大声を上げながら、リビングに入っていく。

シンプルは、クッションスツールの上に縮こまって、友だちみんなに囲まれていた。そこへヴィルドゥデューさんがおごそかに進んでいき、みんなはその姿がシンプルによく見えるように、わきへ寄った。

「デュー《神》さん！」シンプルがさけんだ。

ヴィルドゥデューさんは腕《うで》のなかに、復活したパンパンくんを、病気の子どものように抱《だ》いている。

「くさくなってるぞ、きみのウサギは」

パンパンくんをシンプルに返してやりながら、ヴィルドゥデューさんは言った。

みんなが忙《いそが》しくなった。小さな小さな上着とズボンを洗ったり、パンパンくんをシャンプーして香水をふりかけたり。アリアは何か所かを縫《ぬ》いなおした。シンプルはそのどれも手伝わず、いかにも大切なことをしているといった様子で、ひたすら腕時計《うでどけい》を見ていた。


夕方になって、ザハは帰らなくてはならなくなった。

「セーヌ川まで歩く？　ちょっと話そう」クレベールがさそった。

同じようなことをベアトリスにも言ったなと、クレベールは思い出した。

〈でも、これは別の問題〉

ザハの足音に重なる自分の足音に耳をすましながら、クレベールは思った。

ザハがぼくのとなりを歩いている。何年か後も、彼女《かのじょ》はこうして歩いているだろう。それからぼくらの子どもたちもいっしょに歩くようになり、子どもたちもシンプルを好きになるだろう。なぜなら彼《かれ》は、子どもたちのようにシンプルだから。

クレベールはぼんやり夢みていた。ザハの腰《こし》に腕《うで》をまわしてもいいかどうかとか、彼女《かのじょ》にあれやこれやをするにはどうするかとか、そんなことは考えなかった。だがやがて、静けさに背中を押《お》されるようにして、彼女《かのじょ》にキスをした。「話そう」と彼《かれ》は言ったのだった。そう、ザハにこう言いたいのだ――ぼくはまちがっていた。ベアトリスを愛していると思ったけど、ぼくが愛しているのはきみだった。

これ以外、何が言えるというのだろう？

「ザハ、ぼくは……」

ザハは足を止め、クレベールの目を見つめた。このときを待っていたのだ。だがクレベールに、ふと、シンプルとウサギのパンパンくんの弟らしい、ちゃめっ気ある笑顔が広がった。

「ザハ、いいかい！」

クレベールはザハのお腹《なか》に手を置くと、胸まで上げてきて、指先で心臓《ハート》に触《ふ》れた。するとザハも手をクレベールのお腹《なか》に置き、胸まで上げて、二人は抱《だ》きしめあった。


シェアアパルトマンでは、エンゾがソファに寝《ね》ころがり、アリアの膝枕《ひざまくら》でぼんやり夢みていた。

「変だよな。シンプルは一日じゅう、ぬいぐるみから目を離《はな》さないと思ってたのに。今は腕時計《うでどけい》にしか興味がないみたい」とエンゾ。

「パンパンくんは今日、象徴《しょうちょう》的な意味で死んだんだと思う」とアリア。

精神分析《ぶんせき》にますます興味が出てきているのだ。

「これからはもう、ぬいぐるみが生きてるみたいにはふるまわないだろうな」

「それ、悲しいと思わない？」とエンゾ。

「子どもは成長していくのよ、エンゾ。それが悲しいこと？」

「うん、悲しい。しかたないことだけど、悲しい」

エンゾはどこまでも不安な目でアリアを見あげ、アリアはほほえみで応えた。彼女《かのじょ》が愛しているのは、まさにこの人だ。

シンプルはバスルームにいた。目の前に、洗濯《せんたく》ひもに両耳をとめられ、ぶら下げられたぬいぐるみがある。ボロボロで、切り傷や縫《ぬ》いなおされたあとがあって、フェルトペンと口紅のしみも残っている。

「かわいた？」

「まだ足がぬれてる」パンパンくんが答えた。

「ダストシュートに捨てたのは、ベアトリス？」

「ううん、自分で飛びこんだ。ごみ箱、見てみたかったから」

シンプルは大げさな動作で、手首の腕時計《うでどけい》を見た。小さな針は、ちょこまかちょこまか、一日じゅう小走りだ。それを見ていると、いつも一つの問いが、

しつこく頭に浮《う》かんでくる。今こそ聞いてみなくては。

「ねえ、パンパンくんも、いつか死ぬ？」

「ううん」パンパンくんが答えた。

「ぼくはいつまでも、ずっといっしょだよ」

訳者あとがき

二十二歳《さい》にして、三歳児《さいじ》のような言動――知的障碍《しょうがい》があるそんな主人公シンプルは、相棒《バディ》であり分身でもあるぬいぐるみのウサギ、パンパンくんと、物語のなかでつぎつぎ騒動《そうどう》を起こします。はじめはちょっと引いてしまうようなことも言ったりしたりしますが、その人柄《ひとがら》がわかるにつれて、読者のみなさんも周囲の登場人物たちと同じように、シンプルのことがどんどん好きになっていったのではないでしょうか。フランス語のsimple（ほんとうは「サンプル」と発音しますが、わかりやすいように英語読みにしています）には「単純な」というほかに、「純真な」という意味もあって、彼《かれ》のやさしい性格やまっすぐな心がよく表されている愛称《あいしょう》だと感じます（本名はバルナベです）。

そんなシンプルを守ってがんばっているのが、十七歳《さい》の弟、クレベール。ママは三年前に亡くなり、再婚《さいこん》したパパは新しい奥《おく》さんと生まれてくる子どもに夢中で、シンプルをマリクロワという施設《しせつ》に入れろと言うばかりです。でもそこはかなり不適切な対応をする施《し》設《せつ》で、前にシンプルは、ここで心をなくした抜《ぬ》けがらのようになってしまったのです。そこでクレベールは、なんとかパリでいっしょに暮らそうと部屋をさがし、四人の若者が共同で住んでいるシェアアパルトマンにたどりつきます。ルームメイトは二十五歳《さい》の医学部生エマニュエル、その恋人《こいびと》で同じく医学部生のアリア、その弟で気のいいコランタン、その幼なじみで文学部を卒業したばかりのエンゾ。新年度をむかえたクレベールの高校では、赤毛で魅力《みりょく》的なベアトリスや、イスラム教徒のやさしいザハが登場し、クレベールとのナイーブな恋愛《れんあい》模様もくり広げられます。

こうした環境《かんきょう》のなか、知的障碍《しょうがい》のある人とともに暮らすことの大変さが迫《せま》ってくる一方、登場人物たちがそれを少しずつ理解して手を差しのべようとすることで、自分自身も変わっていく様子には胸が熱くなります。生きのいい彼《かれ》らの会話は一瞬《いっしゅん》で笑えるところも多くて、ストーリーもテンポよく進みます。

著者のマリー＝オード・ミュライユは、この物語を書くにあたって、知的障碍《しょうがい》のある子どものお母さんにていねいな取材をおこなったとのこと。たしかに、シンプルがアリアと直接話すかわりにクッキーにむかって話したり、「頭がぐるぐるする」という比喩《ひゆ》がわからずに笑ったり、「こんがりんぱ」などの造語でおもしろがったり、頑固《がんこ》だったりはっきり言いすぎたりするのは、ある種の発達障碍《しょうがい》の特性と重なるところがあります。ただ、これはぬいぐるみがしゃべるというファンタジーの要素も強い物語なので、現実の障碍《しょうがい》に当てはめようとしたり比べたりするのは、やはりちがうでしょう。著者は、シンプルとクレベール兄弟の名字「マリュリ（Maluri）」を、自身の名字ミュライユ（Murail）のアルフアベットを組みなおして作ったそうで、そんなことからも、障碍《しょうがい》を自分事《じぶんごと》として考え、登場人物たちと向きあったことが伝わってきます。

またシンプルが、耳が聞こえず口もきけない小さなアミラと犬の仲よしになるエピソードにも、はっとさせられます。人と人とのコミュニケーションには、言葉だけでなく、もっと深く感じあえるものが大切なのだと、あらためて気づかされます。

ところで、シンプルは「ウサギ」という言葉が聞こえるたびに反応して、大喜びでパンパンくんを披露《ひろう》しますが、フランス語では子どもや愛しい人を呼ぶときに、名前のかわりに「ウサギちゃん」「子ネコちゃん」といった言いかたをよくします。「すっぽかす」など、ウサギ（lapin）という語が入っているフランスの慣用句もいろいろあって、それが物語のスパイスになっているのもおもしろいところでしょう。

そしてシンプルのごっこ遊び「ムッシュー・ミュッチュベンゲン」（舌をかみそうになって、これだけで笑えます）が巻きおこす大騒動《おおそうどう》は、何度読んでも大笑いです。でもただ笑わせるだけでなく、エンゾとアリアの恋《こい》の進展への重要なきっかけも作っているのです。私は原書を初めて読んだとき、この章から先はもう心をさまざまにゆり動かされて、一人でにっこりしたり涙《なみだ》ぐんだりしながら、ページをめくる手が止まりませんでした。伏線《ふくせん》の張りかたもうまいです。最後のほうでは思わず「伏線《ふくせん》回収！」と、読者のみなさんも心のなかで拍手《はくしゅ》を送りたくなったことでしょう。レバノン出身でイスラム教徒のザハの大家族や、施設《しせつ》で厄介者《やっかいもの》あつかいされているおばあさん、あやしげなホテルの女性たちなど、いわゆる社会の周縁《しゅうえん》といわれる境遇《きょうぐう》にいる人たちが、じつはシンプルを助ける役をはたすのにも、うれしい驚《おどろ》きで胸がおどります。人を見るミュライユのまなざしのあたたかさと、物語づくりの見事さを感じます。

それもそのはず、著者マリー＝オード・ミュライユは、「小さなノーベル賞」といわれる国際アンデルセン賞を、二〇二二年に受賞した大ベテラン作家なのです。生まれは一九五四年、フランスのル・アーヴルで、父は詩人、母はジャーナリストという家庭。後に作家になった兄と妹や、現代音楽の作曲家になったもう一人の兄に囲まれて育ち、ソルボンヌ大学で文学博士号を取得。作家の道を歩みはじめてキャリアを積み、レジオン・ドヌール勲章《くんしょう》を二度受章。フランスでは二人め、そして女性では初の国際アンデルセン賞作家賞受賞者となったのです。その作品群は「子どもや若者の立場に身を置き、この世界を真摯《しんし》に観察しながら、ユーモアとあたたかなオプティミズムで、現代社会のさまざまな問題に多くの窓を開いてきた」と評されました。

著書はすでに約百冊、二十七の言語に翻訳《ほんやく》されており、テレビ映画化や舞台《ぶたい》化された作品も多く、この『シンプルとウサギのパンパンくん（原題：*Simple*）』も、フランスとヨーロッパ各地で合計十二もの文学賞を受賞しました。テレビ映画化もされ、昨年再放送もされたとのこと。また、シンプル役の俳優バスティアン・ブイヨンは、アメリカのアカデミー賞にあたるセザール賞で二〇二三年の有望男優賞を受賞したそうです。日本ではこれまで、初期のイラスト付きの短いお話や兄と妹との共著など三冊が翻訳《ほんやく》され、刊行されましたが、残念ながら現在はどれも絶版となっています。このたび、日本のみなさんにマリー＝オード・ミュライユの本格的な作品をご紹介《しょうかい》でき、大変うれしく思います。

「本が世界を変えることはできないかもしれない。でも本を読んだ人たちは、世界を変えることができる」。マリー＝オード・ミュライユの言葉です。障碍《しょうがい》について、生きること愛することについて、この物語から新しい何かを受けとってもらえたなら、そしていつの日か世界を少しでも変える力にしてもらえるなら、訳者としてとてもうれしいです。

最後になりましたが、小学館第二児童学習局の喜入今日子さん、丹念《たんねん》に訳稿《やっこう》を見てはアドバイスをくださった同じく第二児童学習局の村元可奈さん、いきいきしたイラストを描《えが》いてくださったくらはしれいさん、すてきな装丁をしてくださった城所潤《きどころじゅん》さん、ほかにもお世話になったみなさんに、心からお礼申し上げます。

二〇二四年五月

河野万里子

マリー＝オード・ミュライユ

Marie-Aude Murail

フランスの作家。2022年国際アンデルセン賞・作家賞受賞。ソルボンヌ大学で学んだ後、児童文学やYA作品など、子ども向けの本を多数執筆。日本で翻訳された作品に『青い髪のミステール』（偕成社）、『サンタの最後のおくりもの』（徳間書店）がある。

河野万里子

こうの まりこ

翻訳家、上智大学非常勤講師。訳書にウィリアムズ『自閉症だったわたしへ』、サン=テグジュペリ『星の王子さま』、サガン『悲しみよこんにちは』『ブラームスはお好き』（すべて新潮社）、セプルベダ『カモメに飛ぶことを教えた猫』（白水社）など多数。

シンプルとウサギのパンパンくん

2024年7月15日　初版第1刷発行

作／マリー＝オード・ミュライユ
訳／河野万里子
発行人／野村敦司
発行所／株式会社 小学館
〒101-8001 東京都千代田区一ツ橋2-3-1
電話03-3230-5625(編集)　03-5281-3555(販売)
印刷所／萩原印刷株式会社
製本所／株式会社若林製本工場

ISBN978-4-09-290661-7

ブックデザイン／城所潤
装画・挿し絵／くらはしれい
制作／友原健太　資材／斉藤陽子　販売／飯田彩音
宣伝／鈴木里彩　編集／村元可奈

小学館の児童書

″傷ついた心に響く
希望に満ちた物語″

わたしは、鳥。翼は、ブルー。
その翼で飛んで自分の家を見つける。
ついにその時が来た。
あとは枝をけって飛びだせばいい。
わたしは空を飛ぶ。

わたしが鳥になる日

サンディ・スターク-マギニス

千葉茂樹 訳

鳥が大好きなデセンバーは、背中から翼が生えてくると信じていた。ある日、動物保護センターで傷ついたノスリが自力で飛ぶ訓練をすることになる。空を飛びたいと願う11歳の少女の悲しくも切ない感動物語。